風野真知雄

葛飾北斎殺人事件

歴史探偵・月村弘平の事件簿

実業之日本社

実業之日本社文庫

葛飾北斎殺人事件　目次

第一章　北斎の神さま

1

　フリーランスの歴史ライターである月村弘平《つきむらこうへい》は、ヤマト・ツーリストの川井綾《かわいあや》乃《の》とこの夏の新しい企画について打ち合わせをしていた。

　場所は、ヤマト・ツーリストの本社がある有楽町《ゆうらくちょう》から歩いて数分の、丸の内オフィス街にあるカフェ。屋内にも席はあるが、二人は外のテラス席に腰かけている。細かい雨が降っているが、庇《ひさし》があるので濡《ぬ》れることはない。それより、まだ若いケヤキの葉が、雨でいっそう瑞々《みずみず》しい。

　待ち合わせたのが十時半だったので、月村は川井綾乃が勧めるマカロンを使ったケーキとコーヒーを頼んだ。マカロンの鮮やかな色が、雨のテラス席でいかにもお洒落《しゃれ》そうに見える。また、元アイドルの川井綾乃にもよく似合っている。

大まかなプランは聞いていた。葛飾北斎《かつしかほくさい》のツアーだという。北斎の人気は世界的に高くて、これまでも日帰りツアーなどがすぐ満席になっていたらしい。それで、北斎ツアーの定番、決定版をつくりたいというのが会社の意向で、月村にもぜひ企画やツアーのガイドに参加して欲しいというのだった。

「月村さん、北斎は？」

「もちろん大好きだよ。というか、人生のお手本にしたいくらいの人だよね」

「そうなんですね」

「でも、北斎は九十歳まで生きて、さまざまなジャンルで膨大な数の絵を描いた巨人だからね。全人生を眺めるのは大変だよ」

「ですよね。あたしもこの前、初めて美術館で、お化けの絵を見て、こんなのも描いてたんだってびっくりしましたよ」

「うん。百物語だろ。あれは五枚しか描かなかったけど、もしタイトルどおりに百枚描いていたら、とんでもない傑作シリーズになったばかりか、日本の観光資源としても、ドル箱になっていただろうね。東京には〈北斎のお化けの町〉というキャッチフレーズをつけられたよ」

「五枚でやめちゃうなんて、北斎先生けっこう気まぐれだったんですかね」

「気まぐれではあったかもしれないけど、百物語は売行きが悪かったのかも」

「北斎先生が売行きが悪いなんてことあるんですか？」

「あったんだね。いまでこそ世界の北斎だけど、生きていたころは、北斎は嫌いだという人もけっこういたんだよ」

北斎の絵には、独特のアクがあるので、それは当然のような気がする。

「へえ」

「それに、富嶽《ふがく》三十六景並みの売行きを、版元が期待したら、多少は売れても失敗だったということにされちゃったかもね」

「そうか。富嶽三十六景のほうは、四十六図もあるってことは……」

「売れたんだろうね。滝のシリーズなんかも、視点の違う景色が同じ画面に収まっていたり、水の流れが不気味だったりして、あれも中途半端に終わった感じだしね。北斎が本気を出すと、ふつうの人はついていけなくなったのかもな」

「ああ、そういうの、わかりますね」

と、綾乃はうなずいて、

「でも、一般的には、やっぱり北斎先生は富嶽三十六景だと思うんですよ」

「だろうね」

「それで、観光コースになりそうなところをピックアップしてみたんです」

綾乃が差し出した紙には、四十カ所ほどの名所や場所が並べてある。

「ずいぶんあるね」

「二泊三日のコースなので、これじゃ足りないくらいかもしれませんよ」

「そうだな。でも、じっくり見たいところもあるしね」

「スタートは両国の〈すみだ北斎美術館〉を考えているんです」

「ぴったりじゃないの。最近は、北斎生誕の地としてあるしね」

「ほんとに特定できてるんですか」

「いや、かなり適当だよ。生まれは本所割下水《ほんじょわりげすい》とされているんだけど、本所の割下水は南と北と二本あったんだ。それで、南の割下水は武家地のほうを流れ、北は町人地を流れていて、いま、生誕地としているのは、南の割下水のほうなんだ」

「だったら北斎は町人だから、北のほうなんじゃないですか？」

「いや、北斎は川村《かわむら》氏という武士の家に生まれたとされているんだ。それから、叔父で幕府の御用達鏡磨師《かがみとぎし》だった中島伊勢《なかじまいせ》って人のところに養子に入り、その後また実家にもどったと、けっこう複雑な育ちなんだよ」

「じゃあ、武士なんですか、北斎先生は？」

綾乃は意外そうに訊《き》いた。たしかに北斎のイメージは、町人中の町人だろう。

「武士といっても下級武士の家で、しかも長男じゃないし、要は家を出て好き勝手してたって感じなんだろうね。士農工商とはっきり区分けされていたみたいに言われるけど、じっさいは金で身分を買ったり、落ちこぼれたり、境目は適当なものだよ」

「そうなんですね」

「南割下水もかなり長くて、いまの亀沢《かめざわ》一丁目から四丁目まで流れていたんだ。その界隈《かいわい》のどこかってくらいだよ。だって、あの美術館ができる前は、墨田区がもうちょっと江戸東京博物館よりのほうに生誕の地の看板を出してたんだから」

月村は苦笑して言った。

「なあんだ。あたし、ああ、ここで北斎先生がおぎゃあと生まれたんだって、感激しちゃいましたよ」

「はっはっは。それで、行っても富士山が見えないところは外そうよ」

「見えないですか?」

川井は『富嶽三十六景』の画集を広げながら訊いた。

「日本橋とか、三越のある駿河町《するがちょう》とかはまったく見えないよ」

あのあたりは高層ビルが乱立しているから、北斎の絵に描かれているお城というか皇居も見えない。

「でしょうね。駿河台とか、本所とかも駄目ですよね。両国橋の夕陽《ゆうひ》の富士山とか、いいんですけどねえ」

「いまも、その地点に立つ高層マンションの上のほうからなら見えるよ」

月村の両親が住む石川島のマンションからも、晴れた日には富士山がよく見える。まさに北斎が描いた、江戸から見えた小さな富士山である。

「そうですよね」

「でも、北斎の絵と同じ視点だと、見えないどころか、逆にがっかりしちゃうところもあるよね。まあ、一つくらいはそういうのも入れてもいいけどね」

「そうですね。でないと、都内は行くところがなくなっちゃいますからね」

「スカイツリーからはもちろん見えるよ」

「あ、スカイツリー、入れてなかったですね。入れましょうか」

「天気次第だよね」

もちろん、晴れの確率が高い日を狙ったツアーなのだが、いろいろ保険はかけておかなければならない。

「そうですね。曇っててもいいでしょう。スカイツリー入れます」

と言って、綾乃は追加を書き入れた。

「都内はあと、北斎の墓がある浅草の誓教寺《せいきょうじ》ってところをツアーの最後にしようかと思うんですが」

「いいね。生誕の地からお墓までだ」

「ただ、もうちょっと都内を入れられるといいんですが」

「万年橋のたもとに寄る？　富士山は見えないけど、芭蕉庵《ばしょうあん》もあったところだし、あそこからの隅田川の景色は、いま見ても気持ちいいと思うけど」

「そうですね。ちらっと寄りますか」

「あ、あと富士塚を入れればいいよ」

「富士塚？」

「富士に登るかわりにつくられたミニチュアの富士だよ。富士の溶岩とかも持ってきて、けっこう本格的につくられたんだ」

「なんのために？」

「富士信仰だよ。北斎の富嶽三十六景が成功した背景には、絵の素晴らしさもあるけど、富士講というものがあったからだと言われているんだ」

「富士講？」

「庶民がお金を積み立てて、順番に富士山に登るんだよ。もちろんお参りにね。富士山は信仰の山だったんだ」

「旅行資金の積み立てってことですね？」

「それは必ず自分が行くだろ。富士講は、行けるのは何年かに一度で、行けない年はほかの人の分を積み立ててるってわけ」

「なるほど」

「でも、女性は登れないよ」

「え？　なんで？」

「富士山に女性は登れなかったんだよ」

「そうなんですか。あり得ない！　ひどい差別だ！」

と、綾乃は憤慨した。帰国子女でもある綾乃は、とくに日本の男女差別については厳しいのだ。

「でも、富士塚には女性も登れた。それで、江戸のいろんなところにつくられたんだよ」

「そんなの、いまもあるんですか？」

「うん。なくなったのもあるし、あるけど登れないものも、登れるものもある。そうだ。品川神社のやつがいいよ。あそこは、富嶽三十六景の〈品川御殿山《ごてんやま》の不二《ふじ》〉に描かれたすぐわきになるし」

「そんなのがあったんですね」

打ち合わせは順調に進み、この日、コースはほぼ決定したのだった。

2

月村が川井綾乃と打ち合わせをしてから、ほぼひと月ほど経《た》ったころ――。

この日は日曜日で、警視庁捜査一課の女性刑事である上田《うえだ》夕湖《ゆうこ》は、昨日の夜から八丁堀《はっちょうぼり》の月村弘平の家に泊まり、午前十時ごろにベッドから出て、遅い朝食を取っていた。メニューは、オートミールとコーンフレークを混ぜたものに牛乳をかけたやつと、薄いコーヒー。このところ、月村の朝食はほぼこれなのだそうだ。

「これって身体《からだ》によさそうだね」

半分ほど食べてから夕湖は言った。

「うん。なんにも手間がかからないしね」

「朝食はそれだよね」

猫の餌《えさ》みたいな気もするけど、さすがにそれは言わない。

「今日はどうしよう?」

月村が訊いた。

「いったん家にもどるから、あまり遠出はしたくない。築地《つきじ》の場外市場は日曜だから休みかあ。銀座に出ても、買いたいものはないし」

「じゃあ、ジムに行って、お風呂に入ってから、川べりでサンドイッチでも食おうか」

「いいね。フランス広場のとこで」

フランス広場というのは、月村が通うジムの近くで、隅田川が二つに分かれるところにある公園の名前である。なんでフランスなのかはわからないが、マロニエの木がいっぱい植わっていて、パリのセーヌ川でも意識したのかもしれない。

そこは階段のところに寝そべったりもできて、川風の心地良さを堪能できるのだ。

「じゃあ、行こうか」

月村が立ち上がって仕度を始めたとき、夕湖のスマートフォンが鳴った。

「ああ、嘘《うそ》でしょ」

せっかくの休みが駄目になる予感。

死体を見せられる予感。

案の定、相手は吉行《よしゆき》巡査部長である。

「しょうがないよ、夕湖ちゃん」

月村が言った。

「ごめんね」

と言って、電話に出る。

「おう、上田。今日はカレシのとこだろ」

「なに言ってんですか」

「すまんが出て来てくれ」

「本庁にですか？」

「いや、墨田区だ。そこからだと、宝町《たからちょう》から都営浅草線で一本だ。押上《おしあげ》で降りれば、歩いて七、八分だよ」

「……………」

なんでここの場所まで知っているのか。日比谷線の八丁堀か、有楽町線の新富《しんとみ》町《ちょう》が最寄駅だとかは言ったかもしれない。そういえば、以前、ここに来たことがあったかも。

「殺しじゃないですよね？」

さすがに小声で訊いた。

「妙な事件でな。とりあえず死体遺棄だが、殺しかもしれない。所轄のほうも困惑しているみたいでな。とりあえず現場に来てくれ。住所はメールしとく」

そこまで言って切られた。

刑事に拒否の権利はない。

「ごめんね。明日からのチェットの世話はちゃんとやるから」

夕湖がそう言うと、棚で寝ていたチェットが、「ちゃんとやれよ」と言うみたいに、

「にゃあ」

と、啼《な》いた。生意気な牡《おす》の虎猫《とらねこ》。

「うん。こっちこそ悪いね」

月村は明日から二泊三日のツアーが入っている。その二泊のあいだは夕湖がここに泊まって、チェットに餌をやったり、トイレの掃除をしたりする。ぜんぜん大変じゃないし、通勤時間が、一時間から十分足らずに減る。往復を考えたら、いつもより一時間半も睡眠時間が増えるのだ。

宝町から地下鉄に乗った。

押上に着いて、混雑するスカイツリーを横目に、送られてきた住所のところへ向かった。墨田区業平《なりひら》五丁目。業平って、在原業平《ありわらの》と関係あるのだろうか。

――あそこだ。

小さな草むらの前に、私服が一人と、制服警官が三人いた。このあたりの所轄は本所警察署である。

通りを横切って、

「遅くなりました」

「悪いな。休みなのに」

と、吉行は言い、所轄の刑事を紹介した。

「本所署の結城《ゆうき》と言います。すみません、わざわざ。どうも、おかしな感じでして」

まだ若い。漫才師の誰かに似ているが、名前は浮かばない。

「遺体は？」

夕湖は草むらを見回して訊いた。

「さっき病院に運んだんだ。通行人も多いしな」

と、吉行が言った。

所轄の結城刑事から、ざっと説明してもらうと、遺体は明け方にここへ放置されたらしい。見つけた通行人は酔っ払って倒れているのだろうと、救急車を呼んだが、すでに亡くなっていた。

遺体は車でここに運ばれて来たのだという。朝早く犬の散歩をさせていた人が、道の向こうから見かけたらしい。そのときはまさか死体を下ろしたとは思わなかったけど、あとで騒ぎになったのを聞きつけ、警察に電話してきたのだった。

「外傷は？」

夕湖が訊いた。

「なかったです」

「そうなんですね」

「じつはここ、寺でしてね」

結城刑事は後ろの建物を指差した。

「え、寺なんですか？」

マンションといっしょになった建物で、しかも壁には富士山の下手な絵が描いてある。よく見ると、門はあるが、パッと見て、まずお寺には見えない。

草むらには古い石碑が立っていて、〈北辰妙見大菩薩〉と書いてある。

「もしかしたら、供養してくれというつもりで置いて行ったのかもな」

と、吉行が言った。

「置いてくと供養してくれるんですか？」

「そりゃ遺族が改めてきちんと頼めば、しないこともないだろうが」

「なんで殺しってわからないんですか？」

「外傷はないし、まだ若くて健康そうな身体をしていたんだ」

「毒殺は？」

「まあ、殺しだとすると、そのへんだろうな」

「病死の可能性もありますね？」

「うん」

「身元はわかったんですか？」

夕湖は結城刑事に訊いた。

「スマホはなかったんですが、財布はあって、免許証で住所もわかりました。ただ、家族の連絡はまだついてないんです」

「名前は？」

「近田流星《ちかだりゅうせい》。りゅうせいは、流れ星です」

「近田流星って、聞いたことないか？」

吉行が夕湖を見た。

「俳優ですかね？」

夕湖がそう言うと、結城刑事が、

「いやあ、死に顔しか見てないけど、俳優って顔じゃなかったですね。ただ、服装とかは、なんかお洒落だったかも」

「解剖には誰かいっしょに行ってるんですよね？」

「ああ。大滝《おおたき》とこちらの刑事がついてってたよ」

同じ警視庁の大滝豪介《ごうすけ》も呼び出されていたらしい。だが、夕湖より早く来ていたなら、宿直だったのかもしれない。

夕湖は周囲を見回した。

なんとなく場末の工業地区みたいな感じで、スカイツリーが見えなかったら、昭和っぽい町並みだと思うだろう。

寺のわきは川になっていて、柳島橋という名の橋が架かっている。この川は橋のすぐ向こうで、横に流れるもう一つの川と合流していた。嫌な臭《にお》いがしてきそうな緑色に濁っていて、もちろん魚影も見えないどころか、流れをぼんやり見つめるみたいなこともする気にはなれない。

「とりあえず、署で解剖の結果を待ちましょうか？　あっちで身元確認の連絡もしてますので」

「そうしますか」

と、吉行と夕湖は、パトカーで本所署の刑事課の部屋に入った。

日曜日の署内は、閑散としている。

吉行と夕湖は、部屋の隅の応接セットに座り、出してくれたお茶をすすった。

「吉行さん。初動はなにしたらいいんですか？」

夕湖が訊いた。

「車で運んで来たのを見た奥さんのところは、ここの刑事が行ってる。近田流星のところとも、ここの連中が連絡を取ってる。おれたちは、することないよな」

吉行が小声で言った。

同じ部屋の遠くのデスクで、二人ほどが一生懸命、電話をしている。そのうちの一人は女性である。

「殺人事件にはしたくないってとこですかね？」

「そんな感じは漂うな」

昼一時になって、だんだんお腹《なか》も空《す》いてきた。

朝食べたのは、ほんとに軽食だったのだ。

「飯行くか？」

と、吉行が言ったとき、電話が鳴った。

大滝かららしい。吉行が驚いたような顔をしている。なにか、変わった検視結果でも出たのか。

電話を切った吉行が、

「窒息死だとよ」

と、秘密を打ち明けるみたいな顔で言った。

「窒息死？」

そんな死因は初めて聞いた。

「首絞められたんですか？」

「それじゃあ絞殺だろうが。おれも見たけど、そんな跡はなかったよ」

「あ、そうか」

「最初、医者は病死と思ったらしいんだが、胸に自分でかきむしったような跡があり、まさかと思って調べると、血液に非凝固性が、内臓に鬱血《うっけつ》が、さらに皮膚に溢血《いっけつ》があったので、窒息死に間違いないらしい」

「病死じゃなくて？」

「心臓にも血管にもまったく異常はなかったそうだ。それで急に心臓が止まったりすることはないんだと」

「へえ」

「もちろん毒物も検出されていない」

「死亡推定時刻は？」

「今日の午前零時から二時。ほかに暴行されたような跡はないそうだ」

「ということは？」

「殺しとも断定できないし、事故死とも断定できない」

「でしょうね」

こんなケースは初めてである。

どういう捜査手順になるのか、夕湖には見当もつかない。

「でも、窒息死だったなら、やはり殺しでしょう」

と、夕湖は言った。

「どうやって窒息させたんだ？」

「車のトランクに入れてとか」

「お前な、車のトランクなんか、そんなに密閉性は高くねえんだよ」

「じゃあ、いろいろトリックみたいなことを」

「なんで、そんな殺し方をしなくちゃならない？」

「それはわかりませんよ」

そんな話をしているところに、

「窒息死だそうですね」

と、ここの署長らしき人が入って来て、

「どうも。署長の塚本《つかもと》です」

「警視庁の吉行です。こちらは上田です」

ひとしきり挨拶を済ませると、

「なにかの事故で死んだのを、業務上過失致死とかにされると、ビジネスとしてまずいので、病死と思われるのを期待したのかもしれませんな。あそこで倒れたように見せかけて」

署長は推測を語った。

「なるほど」

「とりあえず、捜査本部はまだ設置しないでおきましょうか」

「そうですね」

吉行も賛成した。

すると、部屋の向こう側で電話をしていた女性署員がやって来て、

「署長、大騒ぎになりますよ」

と、言った。

「どうした?」

「近田流星って、まだ若いけど、世界的に有名なデザイナーだそうです。大企業とかイベントのロゴマークもいっぱいつくっているみたいです」

「そうかあ」

署長が、若いときにぐれた過去があるみたいな、不貞腐《ふてくさ》れたような顔をした。

3

夕湖と結城刑事が地下鉄銀座線の外苑前《がいえんまえ》の駅に着いたのは、午後四時を回ったころだった。事務所と連絡がつき、二人のアシスタントが出て来ているとのことで、話を聞きに行くことになった。

また、事務所があるマンションの上には、近田の住まいもあるというので、鑑識からも人が来ることになった。それは五時ごろになるという。

夕湖は立ち会わなかったが、すでに遺体が近田本人であることも確認された。実家は和歌山だが、兄が横浜にいることがわかり、急遽《きゅうきょ》、病院に来てもらって、先ほど本人と対面したのだった。

近田流星の事務所は、青山通りから下り道を入り、二百メートルほど来たところの、洒落たマンションのなかにあった。表札には近田事務所とあり、四階の通路のいちばん奥になっていた。なかは二部屋だが、最初の部屋は十畳ほどで、応接セットのほかに、アシスタントのデスクが二つ置かれていた。

アシスタントは若い男女が一人ずつだった。名刺を交換し、男の名は、庄司亮《しょうじりょう》、女は花巻絵里香《はなまきえりか》だった。

「近田さんが亡くなったのは、いつ知ったのですか？」

結城が訊いた。

「友だちが報《しら》せてきました。二時ごろのニュースでやってたって。それから連絡を取り合って」

と、庄司亮が青い顔で言い、

「とにかくここには来たほうがいいってことになったんです」

花巻絵里香が落ち着いた口調で言った。

「ここへは何時ごろ？」

「ついさっきです」

「この事務所はいつからあるんです？」

「もう五年目だそうです。ぼくは一昨年の暮れに入社して」

「わたしは去年の春に新卒で」

二人がいる奥にもう一部屋あり、そっちも打ち合わせができるようになっている。

「奥もいいですか？」

「ええ、どうぞ」

奥はもっと広くて、十四、五畳ほどある。こっちにも応接セットがあり、奥が仕事用の大きなデスクになっている。これと比べたら、月村の仕事机など、まな板くらいに思えてしまう。

夕湖はとりあえずスマホで部屋の写真を撮り、

「ここはもう触らないでおいてください」

と、言った。

奥の壁一面は、つくりつけらしい本棚になっていて、書籍がぎっしり詰まっている。左の壁は下半分ほどが本棚だが、上半分の壁には、賞状がいっぱい貼《は》ってある。トロフィーもある。

「これって、どれもデザインの賞ですか？」

夕湖が訊いた。

「ええ」

庄司がうなずいた。

「七枚も」

横文字の賞状も二枚ほどある。

「近田さんは世界的に認められていますから」

「三十歳でしたよね？」

すでに免許証のコピーなどのデータは、刑事たちに配信されている。

「そうですね」

デザイナーの収入など見当もつかないが、青山にこれだけの事務所を構えられるのだから、相当なものだろう。月村は自分の収入で事務所を借りるとなったら、都内は無理で、都下か千葉県か埼玉県の、二十平米《へいべい》のワンルームが精一杯だと言っていた。

「まだ、なんとも言えないんだけど、死体遺棄だったんですよ。そうすると、殺された可能性もあるんです」

夕湖は二人を交互に見ながら言った。

「殺された……」

花巻絵里香の顔は凍りついた。

「死因は窒息死でした」

夕湖は反応を窺《うかが》いながら言った。殺しのときは、この二人も疑わなければならない。

「首絞められたんですか？」

庄司亮が訊いた。

「それだと絞殺ですよね。そういう直接絞められた跡はなかったんです。狭いところに閉じ込められたりしたのかも」

「車のトランクとか？」

「車のトランクはあまり密閉性が高くないんですよ」

吉行に言われたことを言っているので、自分でもおかしくなった。

「近田さんは、喧嘩《けんか》とかするタイプでした？」

結城刑事が訊いた。

「いやあ、おとなしい人で、喧嘩なんかしなかったでしょう。酒もほとんど飲まないし、たまに仕事の打ち合わせを兼ねて飲んでも、この近くでちょっとビール飲むくらいでしたよ」

「友だちは？」

「どうなんでしょうか。そんなに友だちとしょっちゅう会ったりすることはなかったと思いますよ」

「じゃあ、誰かの恨みを買うようなことは考えられない？」

すると、二人は顔を見合わせ、

「ネットを見てもらうとわかるんですが、じつは一人、かなり激しく近田さんに中傷を繰り返している人がいます」

と、花巻絵里香が言った。

「それは近田さんの知り合い？」

「いえ。まったく知らない人だって」

「訴えようとかは？」

「そこまでは思ってなかったみたいですが」

「ほかにトラブルだとかは？　デザインの世界では、盗作の騒ぎとかも多いって聞いたことがあるんですが」

夕湖が訊いた。デザインの世界の盗作うんぬんは、オリンピックのエンブレムの騒ぎを思い出したからである。

「いや、近田さんの場合はとくに。なんせ、独特で、一目で近田さんのデザインだとわかりますからね。あのネットの中傷男も、近田さんのは盗作だとは言ったことないですね。幼稚だとはしょっちゅう書いてますが」

庄司亮が言った。

たしかに、星だの月だの天体ふうのものが多く、それがまた、どこかユーモラスに味つけされていて、これは一目でわかる。こんなにシンプルなのに個性的なのは、素人目にも才能がある証拠だと思う。

「近田さんと最後に会ったのは？」

結城が訊いた。

「金曜日です。ぼくらは先に帰りましたが」

「なにか変わったところは？」

「いえ、とくに」

「近田さんは土曜日はどこにいたかご存じない？」

「さあ。スケジュールに関しては、すべて近田さんが自分で管理されていたので、ぼくらはわからないんですよ」

机にスケジュールを書き込んだカレンダーがあるが、それも昨日今日のところはなにも書き込まれていない。

「自宅はこのマンションの七階なんですね？」

「そうです」

「カギはお二人とも？」

「いいえ」

二人とも持っていないという。

「上の部屋に入ったことは？」

「ないよね？」

庄司が花巻に訊いた。

「ないですよ」

ふつうは、アシスタントだったらたまに部屋に呼んで、ホームパーティみたいなことをするのではないか。青山に住んでいるデザイナーとかなら、そういうことはしそうである。

近田という人は、けっこう秘密主義だったのかもしれない。

「近田さんは独身ですよね？」

結城が訊いた。

「はい」

「付き合ってる人とかは？」

「さあ、聞いたことないです」

「女性嫌いとか？」

「どうでしょう？」

と言いながら、庄司が花巻を見た。

「どうなんですかねえ。乃木坂46の白石麻衣《しらいしまい》は好みだって言ってましたけど」

「ううん、ああいう絵に描いたような美人はねえ」

と、結城刑事は首をかしげた。

たしかに微妙な感じである。この二人も、あっちの筋もあったかもと言いたそうに見えた。

「近田さんは、遺体が発見されたとき、スマホを持ってなかったのですが、ふだんは持ってましたよね？」

「ええ」

「一つだけ？」

「あとは、アイパッドとパソコンも」

と、仕事机のほうを指差した。パソコンとアイパッドが置いてある。これは詳しく調べることになるだろう。

「ところで、近田さんの遺体は、スカイツリーの近くのお寺の前に放置されたんですが、近田さん、あのへんにはよく行かれてたんですか？」

「住所で言うと？」

「墨田区業平五丁目です」

「墨田区？　いやあ、聞いたことないですね。たしか、スカイツリーも上ったことないって言ってましたよ」

「いちおうお二人の昨日の夜から今朝までのことをお訊きしたいのですが？」

「わたしは高田馬場のカレシのマンションに」

「ぼくは大宮の自宅にいました」

二人のスマホの番号を訊いた。

七階の部屋は、管理人に頼んで開けてもらった。

まだ本所署の鑑識は到着していない。来るまでは、なかに入らずここの通路で待つことにした。

通路からすぐ下に、青山墓地の緑が広がっている。上から見たのは初めてで、こんなに広いとは思わなかった。青々と木が茂り、セミの鳴き声もよく聞こえてくる。

「青山ってお洒落なイメージあるけど、お墓のそばなんですね。しかも、一面、お墓だらけじゃないですか」

夕湖がそう言うと、結城刑事が、

「そうなんですよ。ぼく、出身は青学なんですけどね」

と、まったく意外なことを言った。

4

七階の住まいは、事務所よりは少し狭い1LDKだが、それでも一人暮らしには充分なくらいだった。

ベッドのサイズはとくに大きくはない。二人で寝るには狭すぎる。もっとも月村のベッドだってこれくらいで、夕湖が泊まるときはいっしょに寝ている。

清潔にしているが、特別、女性の匂《にお》いはしない。ものをできるだけ少なくしているみたいで、調理器具などもほとんどなかった。

ただ、洋服の数はけっこうあって、しかもこのあたりに店舗がある有名デザイナーのブランドがほとんどだった。

「趣味はお洒落？」

夕湖は結城に言った。

「あとは美術とか？」

次に壁の絵を指差した。

「ああ、そうですね」

飾ってあるのは抽象画がほとんどだが、どれも本物みたいである。リトグラフでも、ちゃんと鉛筆で番号が入っている。

なんとなく、宇宙を感じさせる大きな絵もある。

——これ、いいなあ。

夕湖もこの絵なら飾りたい。たぶん作者は有名な人だけど、名前は思い出せなかった。

「若いのに、神棚があるのは珍しいですね」

と、結城は本棚の上を指差した。

小さな棚が吊《つ》ってあり、白木の祠《ほこら》みたいなものがある。

「仏壇は？」

夕湖はざっと見渡したが、それはないようだった。

「荒らされたような跡はないね」

と、鑑識課員が言った。

「そうみたいですね」

「ざっとだけど、指紋も本人のものだけみたいだし、髪の毛もほかの人のはなさそうだ。まあ、詳しくは分析してみてだけど」

「完全に一人住まいだったってことか」

収納スペースがいくつかあったが、空きがいっぱいある。座布団だけが一つ置かれているだけのスペースもあったりした。

ここでもスマホは見つからなかった。

ネットを見ると、たしかに一人、ひどい中傷を繰り返している人物がいる。

「これ、当たったほうがいいよね」

「ああ。プロバイダーに話して、特定しよう。やっときます」

「お願いします」

鑑識が終わると、夜八時近くになっていた。

結城が署に確認すると、捜査本部はまだ立ち上げる予定はないという。それでも結城は署にもどって、今日の報告書を書くという。

夕湖が吉行に連絡すると、

「今日は帰ってくれ。明日は、とりあえず本庁に来てくれ」

とのことだった。

パトカーで帰る結城と別れ、夕湖は外苑前から帰宅の途につくことになった。

今日は石神井《しゃくじい》公園の実家まで帰らなければならない。二泊三日の着替えの準備もしなければならないし、母親がなにか話があるとも言っていた。

たぶん、お見合いの話なのだ。

この前も言っていたので、

「あのね、いまどきはお見合いなんて、そういうのはないの」

と言っておいた。

もっとも、そんなことはない。警視庁でも、お見合いで結婚する女性警察官はけっこういる。職場結婚がいちばん多いが、女性警察官はもてるらしい。真面目《まじめ》で、しっかりしていて、なにせ身体が丈夫である。仲人口などはいくらでもあると、築地署の友だちが言っていた。

それでもお見合いなどする気はない。

だが、最近、母親からは疑いの目で見られる。月村の家に泊まるときは、庁内の宿直室か、警視庁に近いビジネスホテルということにしているのだが、怪しん

ではいるのだ。先週も、

「カレシできたら、いつでも連れて来て」

と、つくり笑いをしながら言われた。

連れて行ったら、さぞかし驚くだろう。

「あの月村くん？」と。

昔、八丁堀に住んでいたとき、月村は一つ下で同じ登校班だった。いつもよそ見ばかりして、班長だった夕湖はしょっちゅう叱《しか》りつけていたものである。母親も、月村が夜、亀島川という運河のほとりで蝙蝠《こうもり》を捕ろうとしていたのを見かけたらしくて、「蝙蝠捕まえるって、あの子、ちょっと変だよね」とか言っていた。

そのくせ、なにかの雑誌で月村が書いた記事を見たときは、「あの子はたしかビルの持ち主の家の子だったから、今度会ってみたら」とも言った。そのビルは、母親がいま見たら、きっと「廃墟《はいきょ》じゃないの？」くらいは言うだろう。

しかも、必ず結婚話まで言い出し、騒ぎになるに決まっている。そうなったときの月村の反応が、夕湖は怖いのだ。

「夕湖ちゃん以外とは付き合う気はないけど、結婚する自信がない」

そう言ったことがある。

「経済的にもそうだし、もし子どもができたりしたら、父親になれる気がしない」

とも言った。

夕湖のほうも、せっかくなれた警視庁捜査一課の女性刑事というポジションを結婚で捨てるのは勿体《もったい》ないと思っている。だいたいが、いつ呼び出されて、死体と向き合わされるかしれない毎日で、結婚生活ができるわけがないのだ。

二人のあいだも微妙なのである。

——いちばん問題ないのは……。

間違いなく自分を好いていてくれる同じ課の大滝豪介と結婚すれば、同じ警察官同士ということで、いろんな問題は解決できてしまう。互いに仕事の内容を理解できているし、連絡も簡単である。現役警察官同士のカップルも少なくない。

——月村だって……。

あの元アイドルのツアー添乗員は、ぜったい月村のことが好きなのである。あんな可愛《かわい》い人をお嫁にできたら、男冥利《みょうり》に尽きるではないか。

考えていたら、憂鬱《ゆううつ》になってきた。

石神井公園の駅を降りて、家に向かって歩いている途中、月村からの電話が入った。

「もしかして、今日呼び出されたのって、近田流星の件？」

「そうなんだよ」

「ニュースで見たよ。死体遺棄で、死因は窒息死なんだってね」

「そう。でも、殺人かどうかはわからない中途半端な捜査になってるんだよ」

「しかも、遺体が置かれたのは柳嶋の妙見《みょうけん》さまだしね」

「妙見さま？　たしか法性寺《ほうしょうじ》とか言ってたけど」

「うん。法性寺なんだけど、妙見菩薩《ぼさつ》っていう仏さまを祀《まつ》っていて、江戸時代から有名なところなんだよ」

「そうなんだ」

「あの葛飾北斎が熱心に拝んだ仏さまだよ」

「葛飾北斎……」

そういえば、富士山の絵があった。

なんか壁に描かれていると、銭湯の絵みたいで、葛飾北斎なんてまるで思い浮かばなかったのである。

第二章　行きたくなかったツアー

1

明日がツアーの出発日だが、月村はコーヒーを片手に庭から空を眺めていた。

月村の家は先祖代々、八丁堀にある。先祖は、町奉行所に勤める同心《どうしん》だった。

八丁堀というところは、東京駅まで歩いても十五分の距離にありながら、再開発が遅れていて、このあたりだけなんだか昭和臭くて冴《さ》えない町並みになっている。もっともそのおかげで町の明かりも乏しく、それは多摩の山奥ほどではないが、けっこうきれいに星空が望めたりするのだ。

家といっても、古くて小さな五階建てのビルになっていて、一階から五階まではすべて貸しているが、屋上に建て増しした部分に、いまは月村だけが管理人を兼ねて住んでいる。いまなら許されない違法建築だけど、もはやどうしようもなくて、見逃してもらっているのだろう。

その住まい以外の屋上のスペースには土を入れ、雑草を伸び放題にしている。すると、鳥の糞《ふん》に意外な植物の種が入っていたりして、いまではけっこういろんな花も咲く草原みたいになっている。

ここにかんたんな椅子《いす》を持ち出して、猫といっしょに夜空を眺めるというのは、一円の報酬もない管理人の、数少ない贅沢《ぜいたく》なのだ。

単眼の望遠鏡で、まずは北極星を探す。

北のほうには高層ビルもなく、北極星は容易に見つかった。

北斗七星は、一年かけてその周りをまわっているが、夏は北西のほうにいて、柄杓《ひしゃく》もちゃんと上を向き、水がこぼれないかたちになっている。

――あった、あった。

見にくい星もあるが、どうにかかたちを捉《とら》えられた。

ツアーの前日に北斗七星を探したのは、柳嶋の妙見さまのことが気になったからである。

妙見菩薩というのは、北極星かあるいは北斗七星だと言われている。どっちなのかは、諸説あってはっきりしない。北斎はどっちだと思っていたのかもわからない。

北斎の絵に宇宙を感じるという人は意外に多い。月村もそれは感じるし、北斎と宇宙という言葉を並べた本も何冊かある。

北斎が宇宙を意識していたのは、おそらく間違いない。

宇宙なんて言葉は、江戸時代にはなかったなどと、無茶苦茶なことを言う人もいるが、宇宙という言葉は奈良時代から使われている。もちろん中国から来た言葉で、「宇」は空間の意味で、「宙」は時間の意味である。すなわち、時空という、時間と空間をいっしょにする捉え方は、現代の宇宙物理学と同じなのだ。

じつは、北斎には宇宙を研究する友人がいた。

その人の名を朝野北水《あさのほくすい》という。

北水のほうが二歳ほど年上で、二人は幼なじみだった。

北水は戯作者でもあり、自惚山人《うぬぼれさんじん》というペンネームで黄表紙も書き、天明六年（一七八六）には自惚山人が文を書き、当時まだ勝川春朗《かつかわしゅんろう》だった北斎が挿絵を描いた『前々太平記』五冊が刊行されている。北斎が二十六歳のときである。

その後、北斎は絵師として活躍していくが、北水のほうは宇宙の啓蒙家《けいもうか》として日本全国を旅し、宇宙について講演してまわった。そのとき説明するのに使った宇宙の図などが、各地に残っている。

全国を啓蒙して歩いたくらいだから、歳下の友人である北斎にも、当然、宇宙のことを熱く語っただろうし、北斎も興味津々で聞いたはずである。

若いころに影響を受けたことというのは、心の奥深くにいつまでも残る。北斎もそうだったろう。また、北水が江戸にもどったときも、二人は会ったりしていたはずである。

北斎と北水。

名前もよく似ている。影響を受けたとしたら、北斎のほうだろう。

北斎の研究というと、ほとんどの人が美術史の視点から捉えたものになっている。また、北斎の頭のなかにあったのは絵を描くことだけで、生涯、それだけに専念したみたいに思っている人も多い。画狂老人などという筆名を、北斎自身が使っていたということもあるだろう。

ところが、北斎という人は画才だけでなく、文才もあった。若いときは、文の道を行くか、画の道を行くか悩んだほどだといい、じっさい、数多くの川柳をつくり、二百句近い数の川柳が、『誹風柳多留《はいふうやなぎだる》』に掲載されている。掲載されたのがそれだけだから、もっとつくっていただろう。むろん実力も認められ、『誹風柳多留』の選者をつとめたこともあるくらいの大家でもあった。

また、からくりなどの技術にも興味を持ち、空を飛ぶための器械を夢想したこともあった。絵を描くときは、コンパスを使いこなしたほどだった。たぶん、科学への興味も並々ならぬものがあったに違いない。

北斎はまさに巨人、まさに天才なのだ。

当時はインタビュアーなどいなかったが、もしそんな人がいたら、ずいぶん面白い哲学やら文明批評めいたことを聞き出してくれたはずである。

その北斎の宗教観だが——。

たいがいの本には、北斎は日蓮宗《にちれんしゅう》の熱心な信者で、歩きながらいつも法華経《ほけきょう》を唱えていたということが書かれている。

もちろん、柳嶋の妙見さま——ここもいちおう日蓮宗の系列だが、たびたびお参りに来ていたとも記される。

だが、天才北斎が、はたしてイワシの頭も信心からみたいな、単純な信者だったのだろうか。

富嶽三十六景には富士信仰の影もちらほらする。富士信仰は富士講によって支えられ、富士講というのはキリスト教や日蓮宗の不受不施派《ふじゅふせは》と同様、幕府からは禁止されていたのである。さらに、北斎は小布施《おぶせ》にある大波の絵の片隅に、羽根の生えた天使まで描いていたりする。

北斎はもっと独自の、一つの教えにはこだわらない大きな宗教観を持っていたのではないか。そして、それが北斎芸術を支えたのではないか……。

そんなことを考えていたら、スマホのベルが鳴った。

てっきり夕湖かと思ったら、川井綾乃からだった。

「明日からよろしくお願いします」

「いい天気になりそうだね」

いまの空も快晴だし、天気予報でも来週はずっと晴れの予想が出ていた。

「ええ。ツアーのあいだも快晴がつづきそうです」

「堀井《ほりい》が自慢してたよ。おれは晴れ男だからって」

雑誌『歴史ミステリーツアー』でも、北斎の大特集を組むことになっていて、このツアーとも連動する。担当の堀井はカメラも担当することで参加する。

「このツアー、大ヒットしそうですよ。2弾3弾はすでにいっぱいになって、明日、新しい写真を上乗せして募集をかけるんですが、いっきに10弾まで数を増やすんです。叔父なんか大喜びですよ。やっぱり国内のツアーを当てるほうが、安全だし、利益率も上がりますし。ほんと、月村さんのおかげですよ」

川井綾乃の叔父さんは、ヤマト・ツーリストの重役なのだ。というか、最近、副社長になったはずである。

「とんでもない。北斎のおかげだよ」

「外国人の問い合わせも多くて、あたしも何件か受けたんですが、これは北斎の富士信仰に迫るものなのか？　なんて訊かれちゃいましたよ。外国にも詳しい人がいますからね。その人はイギリス人と言ってました」

「へえ。なんて答えたの？」

「そういう面もありますが、北斎の信仰心についてはいろいろ謎が多いので、ぜひ直接、あなたの目で確かめてくださいって言っておきました」

「素晴らしい答えだよ。じつは、ぼくもいま、そのことを考えていたんだ。北斎の信仰心というのは、これまで言われてきたような単純なものじゃないのではないかってね」

「そうなんですね。そのあたり、ぜひ、突っ込んでみてくださいよ。北斎の宗教心を打ち出せると、うちの海外支店でも目玉商品になるかもしれません」

「なるほど」

「そうなったら、月村さん、逆に海外へ流出している北斎を見るツアーでも企画して、いっしょに行きましょうよ」

さりげなくアプローチをかけてきた気がする。

「あはは。そこまでうまく行けばいいけどね」

月村は適当に話をかわした。

「でも、明日のは凄《すご》いツアーになりますよ」

綾乃の声が、ふいに打ち明け話ふうになった。

「なにが？」

「それはお楽しみです。お休みなさい」

ふくみ笑いを残したまま、電話は切れた。

2

ツアー名は〈北斎と富嶽三十六景巡り〉。二泊三日。

スタートは、両国の〈すみだ北斎美術館〉。九時半に入口前に集合である。

前が公園になっていて、その片隅に北斎生誕の地という木製の立札がある。ジャングルジムらしき遊具が、北斎の赤富士のかたちになっているのは面白い。

美術館自体は、金属の箱のような、なにをかたどったのかもよくわからない幾何学的なかたちをしている。アルファベットなのかと思って見ても、やっぱり違うみたいである。

なかに入ると、外観から感じるよりは小さい。せいぜい社員百人くらいの中企業の本社ビルといった程度である。

常設展と企画展とに分かれているが、ツアーの出発ということで、北斎の生涯が絵とともにざっと辿《たど》れる常設展を見るだけにしてある。もっとも、このツアーに参加するような人は、ここの絵はもうおなじみのものだろう。

十時に出て、バスに乗り込む。

全員そろっている。キャンセル客はいない。探しやすいように、胸に青いリボンをつけさせられた。もちろん月村もつける。

バスが動き出すと、隣に座った編集者の堀井次郎《じろう》が、

「凄いな。有名人が二人乗ってるぞ」

と、小声で言った。

「二人？　一人はおれも気づいた。桑木周作《くわきしゅうさく》画伯だろう？」

世界的に有名な抽象画の絵描きである。もう八十代半ばではないか。だが、足元もしっかりしていて元気そうである。娘らしい女性が付き添っている。そういえば、何年か前に、仕事場をニューヨークから、生まれ育った神奈川県の三浦半島に移したと、なにかで読んだ覚えがある。

「でも、あんな巨匠が、わざわざツアーになんか参加しなくてもよさそうだけどな」

と、堀井は小声で言った。

「そのほうが楽なんじゃないの？」

「でも、ほかに豪華なツアーだってあるだろうよ」

「まあな」

最近は、十人くらいしか乗せない豪華なバスツアーも少なくないらしいが、これはふつうの観光バスで、参加者も月村たちをのぞくと四十人ほどいる。

「まさか、月村の解説が聞きたいわけはないし」

「おい」

「いや、悪かった」

「ま、それは当たってるけどな。でも、松下剣之助《まつしたけんのすけ》さんだって、いくらでも豪華なツアーに参加できるぞ」

おなじみの大阪の大金持ちである松下剣之助さんは、この日も参加している。

「あの人はだって」

「そうだな」

川井綾乃のファンで、ツアーのほとんどについて回る。性質《たち》のいいストーカーみたいなもので、嫌がるようなことは決してしないらしい。だが、下心たっぷりなのは見え見えである。

「もう一人はわからないのか？」

堀井は呆《あき》れたように訊いた。

「ああ」

「実業家だよ。児玉翔一《こだましょういち》って知らない？　ネット通販の会社で大儲《おおもう》けして、会社が最近、上場したんだ。たちまち数千億円を懐にしたらしいぜ。芸能人と付き合ったりして話題になっているだろうよ」

「へえ」

月村はテレビをほとんど見ないし、ビジネスにも興味がないので、顔も名前も知らなかった。

「右側の後ろから二つ目で、通路側の席にいる男だよ」

堀井に教えられ、月村はさりげなく顔を見た。小太りで髪は短めにしている。Tシャツ姿で、いかにも軽装である。

「連れはいないみたいじゃないか」

と、月村は言った。

「ああ。一人みたいだ」

「そんな人が、一人でバスツアーに来るか？」

「仕事を忘れたいんだろう」

「秘書くらいいてもよさそうだけどな」

「そういうお決まりのことをしないのが、あいつが新しいビジネスで成功した要因なんじゃないのか」

「そうなのか」

昨夜、川井綾乃が明日のツアーは凄いとか言っていたのも、このことかと思った。

堀井は急に思いついたらしく、

「まさか、あいつも川井さん狙いかな？」

「かもな」

「まったく、ふざけやがって」

別に堀井が怒る理由はなさそうだが、もてる男はだいたい堀井にとって腹立たしい存在なのだろう。


バスはスカイツリーに向かうが、柳嶋の法性寺の前を通過してもらった。

月村がマイクを取り、

「ここは北斎がしばしばお参りに来たという柳嶋の妙見さまこと法性寺です」

と、解説した。

バスは速度を落とした。

すると、バスのなかが妙にざわついた。

たぶん、昨日のニュースを知っている人たちだろう。

もちろん、月村はそんなことには触れず、

「妙見さまというのは、妙見菩薩のことですが、これは星のなかで北極星か、あるいは北斗七星に結び付けられています。北極星か北斗七星を拝めば、それは妙見菩薩を拝んだことになるんですね。

じゃあ、北極星が妙見菩薩なら、文殊《もんじゅ》菩薩や地蔵《じぞう》菩薩はどの星だとか、阿弥陀《あみだ》さまはお釈迦《しゃか》さまはどこにいるとかなると、どうもそういうのはないみたいで、妙見信仰というのは不思議な信仰で、北斎がどう考えていたかはよくわかっていません」

と言い、マイクを置いた。

自分でも中途半端な解説だとは思うが、だが、これはどうしようもない。

座った月村に、

「なあ、あそこに近田流星の遺体があったんだろう？」

と、堀井が訊いた。

「そうらしいな」

「夕湖ちゃん、担当してるの？」

「そうみたい」

「捜査は進んでるのか？」

「おれだって知らないよ。捜査上の秘密はおれにも洩《も》らさないし」

「なんだよ」

と、堀井は月村に文句を言うみたいに、眉《まゆ》をしかめた。

次は、スカイツリーである。

月村は一度だけ上ったことがあるが、高いところはあまり好きではないので、長くはいないで降りてしまった。

そのときはずいぶん長いこと並んだが、今日は時間指定の団体予約なので、待ち時間もほとんどなく上に行けた。

「おお」

方々で喚声が上がった。富士山がきれいに見えている。

まさに、江戸から見た富士山である。この距離感。やはり、実物は見るべきである。

皆が富士山に見入るなか、なにげなく別方向を見ると、

――ん？

実業家の児玉翔一が、同じリボンをつけたツアー客となにか話をしていた。

そのようすが、知り合いと内緒話をしているような、それも難しい内容の話になってしまったような、そんな雰囲気なのだ。

――一人で参加していたはずだが……。

相手は、ネクタイこそしていないが、スーツっぽい上下を着た真面目そうな男である。

児玉はうなずき、それからさりげなくその男と離れた。

――ふうむ。

月村はなにか解《げ》せない感じが残った。


つづいて、昼飯は浅草の大型レストランで、天ぷらそばと柚子《ゆず》のジュースというメニューになった。食べる前、月村はちょっと解説を入れた。

「そばは北斎の好物だったそうで、出前もしょっちゅう取っていたようです。それで、いっしょにつけたのは柚子のジュースなんですが、北斎は六十八のとき軽い中風の発作に襲われています」

「六十八か。いまのわしと同じ歳《とし》じゃないか」

と、松下剣之助が余計なことを言った。

「すると北斎は、古今の医学の書を読み、回復には柚子がいいと判断し、以来、柚子をつけた焼酎を薄めて日に何度も飲むようになったそうです。柚子はビタミンCやクエン酸をたっぷり含み、そばにもルチンという血管を強くする栄養成分があり、北斎は独特の勘で、自分の身体にいいものを察知していたのかもしれません」

月村がそう言うと、

「柚子かあ。いいねえ、わしもこれから毎日、愛飲することにしよう」

と、松下剣之助も大喜びだった。

3

この日、夕湖は所轄の結城刑事と、ネットに中傷を書き込んでいた男を訪ねることになった。結城がプロバイダーに連絡し、この男を特定していた。

男の名は夏山道之輔《なつやまみちのすけ》と言い、デザイナーをしているという。ふだんは錦糸町《きんしちょう》にある事務所で仕事をしているというので、そこに向かった。警察の者で、十一時に行くとは伝えたが、詳しい話はしていない。

事務所は、錦糸町の駅前の雑居ビルの九階にあった。

〈北東デザイン〉と、ドアに会社名らしき名前が書かれ、ドアを開けると、二十畳ほどのスペースに、びっしりデスクが並び、十五、六人の人たちがパソコンに向かっていた。女性も五、六人はいる。

入口近くの女性に、

「夏山さんは？」

と訊くと、

「夏……あれ？　さっきまでいたんですけど」

そう言って、向かいの席を指差した。

「手洗いでも行ったかな」

と、結城は夏山のデスクを見た。

デスクトップ型のパソコンは、スイッチが入っていない。

「待たせてもらっていいですか？」

と、さっきの女性に訊くと、黙ってうなずいただけで、パソコンに向かって一心に仕事をしている。

待つとは言っても、応接セットみたいなものもないし、ここで立っているしかない。

「上田さん、座れば？」

「そうですね」

二人で突っ立っているのもなんなので、夕湖は座ろうかと思ったが、椅子の座面が凄く汚いので、

「結城さん。どうぞ」

と、席を譲った。

周囲を見回すが、青山の近田の事務所とはずいぶん違う。これで、同じデザインの仕事をしているのかと、不思議な気がする。

デスクの隅に名刺の入った透明のプラスチックの箱があり、見ると夏山のものらしい。それには、名前の下に連絡先とあり、この事務所の住所が入っていた。電話番号は、夏山の携帯のそれである。

「ここは会社というより、デザイナーの集団の事務所みたいになってるのかな」

と、結城が言った。

「ああ、なるほど」

たしかに、社長のデスクみたいなものは見当たらない。皆、対等の立場で仕事をしている感じがする。

三十分待っても、夏山は帰って来ない。

電話をしても、電源が入っておらず通じない。

「夏山さん、遅いですね」

夕湖は、前の席の女性に声をかけた。

「……」

黙ってうなずいただけで、忙しいときに話しかけるなという雰囲気が見え見えである。役所ならともかく民間の施設とはとても思えない愛想の悪さである。

「警察の者なんですが」

言いたくなかったが、言うことにした。

「そうなんですか」

さすがに態度が変わった。

「夏山さんにお訊きしたいことがあるんですが、行き先とか見当はつかないですか?」

「さあ。ここはフリーのデザイナーが集まってる事務所で、お互いの仕事の内容のことはよくわからないんですよ」

「なるほど」

「でも、夏山さんは自宅は近所のはずですよ」

「教えてもらえませんか？」

訊《たず》ねると、近くにいた別の男に、

「夏山の住所、知ってるよな？」

と、声をかけた。いきなり男言葉に変わったので、夕湖はギョッとする。

「知ってるけど」

「教えてやって。警察」

警察という言い方には、明らかに悪意があった。

「はあ」

太平《たいへい》三丁目というところで、スマホで確かめると、ここから二、三百メートルのところだった。

「上田さん、行ってみますか？」

「行ってみましょう」

と、夕湖と結城刑事は夏山の家に向かった。

4

月村が乗ったツアーバスは深川万年橋《ふかがわまんねんばし》の近くに止まった。

ここは、富嶽三十六景でも、橋の下から富士が見えるという構図で描かれたところだが、太鼓橋のかたちをした万年橋はいまはなく、新しい万年橋も江戸のころよりちょっと奥に引っ込んだ位置にある。

だが、小名木《おなぎ》川が隅田川に流れ込む右手に、芭蕉庵史跡公園ができていて、きれいな水景が望まれる。

四十人あまりが、ちょっとした高台になっている公園に上がって、月村がかんたんな解説をした。

「というわけで、北斎のこの絵は河村岷雪《かわむらみんせつ》の『百富士』を真似《まね》たという人もいるのですが、ぼくは、北斎はこの近くにも住んだことがあるし、橋の下から富士が見えることも知っていたでしょうし、真似たというのはどうかなと思います」

すると、ツアー客の女性から、

「でも、北斎はしょっちゅう引っ越ししてたんですよね？」

と、質問があった。

「ええ。亡くなるまで、九十三回引っ越ししたと言われていますね」

「九十三回！」

「でも、場所が確認できているのは二十数回です。ほとんど数日しかいなかったり、一日に何回も引っ越したこともあったらしいです」

「そうなの」

「これはぼくの私論なんですが、北斎は百回引っ越したら、百まで生きられるみたいな願掛けでもしてたんじゃないかと思うんです。でないと、九十三回なんて数えているわけないですよね」

「そうよね。わざわざ数えたりもしないわよね」

と、月村の私論に納得してくれた。

また、ぞろぞろとバスに引き返すと、前のほうを歩く堀井が桑木画伯に接近して楽しげに話しているのが見えた。編集者というのは商売柄、どんな有名人にも気後れなんかしないのだろうが、月村はちょっと近寄りがたい。

いっしょにいる女性を、じつは若い妻かもしれないなどと邪推していたが、川井綾乃に訊いたら親子だとわかったらしい。それで、気づかいすることも無くなったのだろう。

そのうち、二人が「へえ」と感心したように、後ろのほうを歩いていた月村を見た。

たぶん名探偵とか、頓珍漢《とんちんかん》な無駄口を叩《たた》いているのだ。

しかも、調子に乗ると、

「あいつがホームズなら、ぼくはワトソンです」

くらいのことは平気で言うのだ。

月村は目を逸《そ》らし、後ろを振り向くと、いちばん後ろから来ていた児玉翔一が、三人連れで歩いているのが見えた。

一人は、スカイツリーでも話していた男で、もう一人はヤンキースの野球帽をかぶった男だった。この旅で知り合ったのかもしれないが、それにしては三人とも気難しそうな顔をしているのは妙な感じだった。

5

夏山の住まいというのは、最近、都内では珍しくなっているプレハブ造りのアパートだった。

部屋は一階の3号室である。

ノックをしても返事はない。

電気メーターはほとんど回っておらず、なかに誰かがいる気配はない。

「参ったなあ」

結城がうんざりした顔をした。

また夏山の携帯に電話をしてみるがかからない。

アパートの前にいるのだが、ここがまた、なんとなく怪しい雰囲気がある。目つきの悪い人間の出入りがあり、中東あたりの人も何人か住んでいて、夕湖はもちろん人種への偏見はないつもりだが、ビザとかはちゃんとしてる？　などと内心では思ってしまう。そのうち、カレーの匂いがぷんぷんしてきた。このうちの一室かららしい。

「腹減ってきましたよね？」

と、結城刑事が言った。

「ええ」

夕湖も言おうと思っていた。

「錦糸町界隈って、カレーのうまい店がけっこうあるんですよ」

「そうなんですか」

「カレー、好きですか？」

「大好きですよ」

昔はそうでもなかったが、カレー好きの月村に影響されて、いまでは週三回は食べるようになった。

「このすぐ近所にもありますよ」

と言うので、向かうことにした。

ここらは本所警察署の管轄内なので、さすがに詳しい。

カレー屋というより、居酒屋ふうの店で、夕湖はランチセットのチキンカレーを頼んだ。結城刑事は、チキンともう一つ加えた二種類のカレーセットである。

「あ、なるほど」

オーソドックスな北インドふうのカレーで、やはり日本人向けのコクと旨味《うまみ》が加えられている。ふつうにおいしいが、月村だったらたぶんそれほど高得点をあげない気がする。もっとヘルシーなカレーが好みなのだ。

ほぼ食べ終わるころになって、

「ねえ、上田さん」

結城刑事が夕湖の顔を見ないで、名前を呼んだ。

なんか変な感じである。付き合ってもいないのに、別れを告げられるみたいな感じと言おうか。

「はあ?」

「おれたちをつけてるやつがいるんです」

「え?」

「右側の壁の席に一人で座ってる男、さっきアパートの近くでこっちを見てた男ですよ」

「そうなんですね」

夕湖はスマホを出し、電話をかけるふりをして、男の写真を撮った。

「とりあえず、もういっぺん事務所に行ってみますか?」

「そうしましょう」

また錦糸町駅前の雑居ビルにもどった。

途中、ショーウインドウなどで後ろを確かめると、さっきの男がつけて来ていた。

やはり夏山はもどっていない。電話をすると、今度はベルは鳴っているが、いっこうに出ない。

夕湖は電話を切り、さっき撮ったスマホの写真を前の席の女性に見せ、

「夏山さんて、この人ですか？」

と、訊いた。

「あ、そうですけど」

たぶん、このビルの外で夕湖たちが帰るのを待っているのではないか。

「あの野郎、怪しくなってきましたね」

結城刑事が言った。

「ええ」

「なんとか捕まえましょう。とりあえず、いっぺん外に出ましょう」

エレベーターで下に降りると、夏山はビルのロビーの椅子に、新聞で顔を隠すようにして座っていた。

「おれが回り込みます」

「補助します」

結城刑事はいったんビルの外に出るふりをして、急に向きを変え、夏山の前に

立ちはだかった。夏山は逃げる暇もない。

「夏山。なんのつもりだ？」

結城刑事はドスの利いた声で言った。

「あ、いや、別に」

三十歳くらいの、痩《や》せて、小柄な男である。体育会系ではまったくない。あいつだったら、小柄な夕湖でも腕を取って、締め上げられそうだ。

「別にじゃないだろうが。居留守使っちゃ、おれたちの後をつけてただろうが」

「いや、その」

「署まで来てもらおうか」

「えーえっ」

夏山は、裏返った悲鳴みたいな声を上げた。

6

月村たちは品川神社にやって来た。

富士塚は入ってすぐの左手にある。

かなり大きな富士塚で、都内でも屈指ではないか。

急な階段で、月村は、老齢の桑木画伯は大丈夫かと心配になるが、娘だけでなく堀井まで支えてあげたりしているので安心した。

上まで来ると、下の第一京浜《けいひん》道路が小さく見えて、実際の高さ以上のスリルも味わうことができる。

「ほう、たいした眺めだね」

思ったより早く上って来た桑木画伯が月村に言った。

「江戸時代は富士山も見えたんですけどね」

いまはビルのために見えない。

「江戸時代は真下は海かね？」

「あのあたりが東海道ですから、海はもう少し先で、三百メートルほど向こうですね。でも、ここから見たら、真下という感じだったかもしれませんね」

「いいところだったんだろうな」

「ええ。御殿山とこの界隈は、春は桜と藤《ふじ》、秋は紅葉と月の名所とされてました」

「そのころ、遊んでみたかったたな」

「そうですね」

「いまは、歳をとると、遊びもつまらん。江戸時代の年寄りのほうが楽しかった気がするね」

「ああ、なるほど」

ほんとにそうかもしれない。江戸時代のほうが遊び自体がゆったりしていただろう。

下りる段になって、

「名探偵だそうですな」

と、桑木画伯が言った。

「とんでもない。堀井が大げさなことを話したのでしょう」

「いやあ、ほんとのことみたいだったけどなあ」

「たまたま歴史にからむ事件だったので、そっちの観点からアドバイスしたことがあっただけなんですよ」

「ご謙遜《けんそん》を。警視庁のほうでも、歴史が関わる事件は月村さんに相談してくると聞きましたよ」

「たまたまですよ」

「じつはですな」

桑木画伯が言いかけると、

「お父さん」

と、傍らの娘が袖を引いた。

「いや、こういう偶然はなにかあるかもしれないぞ」

桑木画伯は娘が止めようとしたのを聞かず、

「じつは、昨日、遺体で発見された近田流星というのは、わたしが東京芸大で一年間だけ教えたときの教え子でしてね」

と、言った。

「そうなんですか」

これには月村も驚いた。

「それで先日、うちに遊びに来たとき、このツアーに参加すると言っていたんだよ」

「へえ」

「だが、ほんとは行きたくないとも言ってたんだ」

「ほんとは行きたくない？」

「なにか怯《おび》えているみたいに見えたんだよ」

「先日というと、いつごろですか？」

「十日ほど前だよ」

「それは警察には？」

「いちおう本所警察署には電話をして伝えた。あそこの管轄みたいだったのでな。だが、たいした情報とは思わなかったみたいだね。また、詳しく伺うかもしれませんとは言ったが、それから、なにも連絡は来てないからね」

「それで、桑木さんもこのツアーに？」

「うん。いったい、なにに怯えていたのかわかるかと思ってな」

「昨日の今日じゃないですか？」

「そう。ツアー会社に電話したら、近田の分は当然、空きになってるというので、急遽、来ることにしたのさ。娘も参加することにしていたしね」

「そうでしたか」

「それで名探偵とこうしていっしょになったのは、亡くなった近田流星がもたらした縁かもしれないな」

「……」

抽象画の巨匠が、縁などと言うのは、似合わない気がする。

「わたしは大学では一年しか教えていないんだよ。教えるというのが自分には合わないと悟ったものでね。それで、近田はその一年の講義で、いまのところただ一人、頭角を現わしてくれた教え子でね」

「なるほど」

「可愛い教え子がまさかあんなことになるとはな」

「……」

「ぜひ、相談に乗ってくださいよ」

桑木がそう言うと、

「ごめんなさいね。もう、わがままな父で、言い出すと聞かないもので」

娘が言った。

「いえ。あまりご期待には沿えないと思いますが」

「紹介しておきます。これは娘の沙織《さおり》です」

と、桑木が言った。

「月村です。あくまで探偵なんかじゃなく、歴史のほうが専門でして」

「そうですか。わたしはビジネスのほうをしていたのですが、父が日本にもどったら、世話をさせられて、会社のほうは休職ということにしてもらっているんです」

「それはそれは」

高そうな、薄緑のスーツをラフに着こなしている。日本的な顔立ちなのだが、いかにもいまふうの美人なのは、化粧のせいなのか。ビジネスは日本でというより、海外でやっていたみたいな印象もある。

「いやあ、わたしは五人の妻と別れているのですが、娘はこの沙織だけでしてね。歳をとると、娘を頼りたくなるんですよ。北斎の気持ちがわかりますな」

桑木画伯はいくぶん嬉《うれ》しそうに言った。

「なるほど」

月村がうなずくと、

「わたしをお栄《えい》さんにしないでよ」

と、桑木沙織は苦笑いして言った。

お栄というのは北斎の娘で、北斎の晩年をともに暮らし、さまざまな面で北斎を支えた。また、応為《おうい》という号で絵を描き、素晴らしい才能の持ち主でもあった。

「ところで、近田さんは、北斎に対する思い入れとかは？」

「いやあ、とくには聞いたことはないね。わたしも北斎のことを講義した覚えもないしねえ。まあ、北斎と言ったら美術の世界の定番だから、まったく興味がないのはあり得ないが、とくに好きということはなかったと思うね」

「ふうむ。妙な話ですね」

そこまで話したとき、待機していたバスに辿り着いた。

7

「警察署なんか勘弁してくださいよ」

夏山は手を合わせて言った。

「だが、後ろめたいことがなければ、こんなことはしないぞ。居留守を使ったうえに、おれたちの後をつけたりしただろうが」

結城刑事は、夏山の手首を摑《つか》んでいる。

「それでも、警察署なんか容疑者みたいじゃないですか」

「容疑者？」

「近田流星の件でしょう？　おれを疑ってるんでしょう？」

「お前、やったんじゃないのか？」

「なにもしてませんよ。勘弁してくださいよ。喫茶店でいいじゃないですか。ちゃんと話しますから」

泣くようにして頼むので、とりあえず近くの喫茶店に入ることにした。

いちおう念のため、夏山が凶器を携帯していないか確かめ、本所署に電話をして、一人、制服警官を喫茶店の前に待機させてもらうことにした。

四人がけの席で、夏山を奥に座らせ、結城が真ん前に、夕湖は夏山の隣に座った。その席からは、喫茶店の外にいる制服警官の姿も見えている。

「逃げられないからな」

結城刑事がそう言うと、

「逃げませんよ。大げさじゃないですか」

「お前が最初からおとなしく事務所で待っていたら、こんなことはしないんだよ」

「いや、でも、おれだって疑われているとわかったら、相応の対応策を取るのは当然じゃないですか」

「対応策？」

結城刑事はどういう意味だ？　という顔で、夕湖を見た。

夕湖も首を横に振るしかない。だが、最近、こういうよくわからない人が増えている気がする。ドラマの見過ぎとか小説の読み過ぎとかではなく、ＳＮＳで余計なおしゃべりのし過ぎが原因の気もする。

「あんた、近田流星さんの悪口を、ネットにずいぶん書き込んでいたよな？」

結城刑事が切り出し、

「いまのところ、こっちで確認しただけでも三十件近くありますよ」

と、夕湖が手帳を見ながら言った。それは、近田事務所のアシスタントに頼んで、洗い出してもらったもので、もっと増えるとのことだった。

「悪口というか、批評ですよね」

夏山はしれっとした顔で言った。

「批評？」

「そうですよ。食べログとかに、食べたものの感想を書き込むのといっしょじゃないですか？」

「いやあ、夏山さんのはずいぶん恨みつらみが入っているみたいですけどね」

「恨みつらみというか、それは同じデザイナーとして見るから、どうしても厳しくなってしまうのはしょうがないですよ」

同じデザイナーとも思えないが、プライドだけは高いらしい。まあ、それも悪いことではないだろう。

「近田さんの遺体が、法性寺の前に放置されたのは知ってますよね？」

と、夕湖が訊いた。

「ええ」

「いつ知りました？」

「昨日の夕方のニュースです」

「どう思いました？」

「やっぱり、恨まれていたんだなあと」

「近田さんを恨んでいた人なんかいませんよ」

「え？」

「穏やかな人柄で、誰かと喧嘩するようなこともなかったらしいですよ」

「だからって……」

「ずいぶん前から、近田さんへの中傷が始まってたみたいですね？　もう、七、八年前からだって聞きましたよ」

「そ、それはあいつが公募に入選したから」

「入選作を中傷したんですね？」

「おれの作品とも競合しましたからね。最終で競り合ったことも二度ほどあるんです。どっちもあいつに持って行かれましたけど」

「嫉妬《しっと》かよ」

と、結城刑事が言った。

「嫉妬というか、でも、ぜったい、おれのほうがよかったんですから」

「それで、あんた、そういう書き込みとかやって、どうするつもりだったの？」

こんどは結城刑事が訊いた。

「どうするつもり？」

「向こうがあんたの書き込みで落ち目になるのを望んでたわけ？」

「そこまでは望まないけど、世間に気づいて欲しいというのはありましたよ」

「なにを？」

「だから、近田流星なんかたいしたことないってことをですよ」

「でも、世間の評価は高まる一方だったよね」

「まあね」

夏山の顔が悔しそうに大きく歪《ゆが》んだ。

夕湖はふっと気になって、カレー屋で撮った夏山の写真を、近田事務所の女性アシスタントである花巻絵里香に送ってみた。

するとすぐに、メールで返事が来た。なんと、

「あ、この人。うちの近所によく出没してました。下のカフェでも見たことありますよ」

という返事。

夕湖は立ち上がり、結城を夏山に話を聞かれないところまで連れて行き、いまのメールのやりとりを見せた。

「あの野郎……」

結城は夏山を睨《にら》んで言った。

夏山はこっちを不安そうに見ている。

「夏山はやっぱり怪しいでしょう」

と、夕湖は言った。

「ホンボシかもですね」

「いま、ここで問い詰めます？」

「ええ。問い詰めましょう」

　席にもどり、

「なあ、夏山さん。あんた、近田さんの事務所がどこにあるかは知ってるよね?」

「青山でしょ。錦糸町とは大違いですよね」

「行ったことは?」

「あるわけないでしょう」

　夏山はすっ恍《とぼ》けた。

「ああ、そう。でも、事務所の人は、下のカフェなどで、何度も夏山さんを見かけたって言ってるぞ」

「………」

　夏山は真っ青になった。

「嘘ついたよな?」

「いや、おれ、殺したりしてませんよ。だいいち、近くで顔を見ても、話をしたこともないんですから」

　青い顔で首を横に振るが、もはやなんの説得力もない。

「一昨日の土曜の晩から日曜の朝までどこでなにをしてた?」

「仕事してましたよ」

「どこで？」

「さっきの事務所ですよ」

「ほかに人はいた？」

「いや」

「ここから、近田流星の死体が置かれた業平五丁目までは近いよね」

「でも、車で運ばれて来たんでしょう？　おれ、車なんか持ってないですよ」

「車なんかどうにだってなるよ。やっぱり、あんたには署まで来てもらわないと駄目だなあ」

結城はそう言って、外にいる制服警官に向かって手招きをした。

8

品川神社を見たあとは、バスは高速に入り、江の島に向かった。

川井綾乃はバスのなかで、

「じつは海ほたるに行って、そこで引き返すコースもずいぶん検討したんですよ」

と、打ち明けた。

「神奈川沖浪《なみ》裏か」

月村がうなずいた。

富嶽三十六景のなかでも、赤富士と並んで屈指の名作である。ビッグウェーブとも呼ばれて、世界中に知れ渡っている。ダ・ヴィンチの〈モナリザ〉とか、ゴッホの〈ひまわり〉などと並んで、世界でもっとも有名な絵の一つなのだ。

アクアラインのコースは、ちょうど神奈川沖になる。ただ、あの絵のような波が立つのは滅多《めった》にないと言われている。

「でも、時間が読めなくなるし、海ほたるまでブリッジならいいんですが、ずっと地下を走るじゃないですか」

「そうだね」

月村も一度だけ、夕湖といっしょにドライブしたことがある。海上に出るのは、海ほたるを過ぎた千葉側のほうなのだ。

「それで、諦《あきら》めたんです」

「うん。いいんじゃないかな。海を挟むんだったら江の島から見られるんだし」

「月村さんにそう言ってもらうと、ホッとしました」

川井綾乃がそう言うと、堀井は、

「あれ？　おれだって、先日海ほたるはなくてもいいって言わなかったっけ？」

と、むくれた。

バスは江の島の橋を渡って、駐車場に入る前に、ツアー客を降ろした。

月曜日だが、天気がいいのでけっこうな人出である。修学旅行らしい中学生たちの一団もいる。

ここは上から富士山をゆっくり眺めるのが目的なので、月村がとくに解説することもない。桑木の話が気になったので、夕湖に電話してみることにした。

「あ、夕湖ちゃん。電話、大丈夫？」

「大丈夫」

「近田流星の件は進んでる？」

「どうかなあ。いま、ネットに近田流星の悪口をしこたま書き込んでいたやつを、本所署に連れて来たところなの。これから問い詰めるんだけど、どうして？」

「じつは今日の北斎ツアーに、近田流星の芸大のときの恩師だった人が参加していたんだよ。桑木周作っていう、抽象画の巨匠なんだけどね」

「ああ、知ってる。有名だよね。宇宙っぽい絵の人でしょ」

「言われてみると、そうだね」

近田はやはり恩師の影響を受けているのかもしれない。

「そういえば、近田の事務所にもあったよ。たぶん、あれ、そうだと思う」

「そうなんだ。ま、恩師の絵があっても不思議はないよな。それで、十日ほど前に桑木画伯が近田に会ったとき、このツアーに参加すると言っていたらしいんだ」

「そうなの」

「ただ、行きたくないって、怯えたような顔をしていたらしいよ」

「行きたくないと怯えてた……」

夕湖が興味を持ったのがわかった。

「それで桑木画伯は、急遽、今日のツアーに申し込んだんだって。なにに怯えていたのか、知りたくなったんだろうな」

「そうなの」

「桑木画伯はその件について、本所警察署にも電話したそうだぜ」

「そうなんだ。でも、捜査本部すら立ち上がっていないから、あたしたちも情報の共有がちゃんとできてないんだよね。なんせ、まだ死体遺棄だけで、殺人なのかどうかもわかっていないんだよ」

「そうなの？」

「これはまだマスコミには未発表なんだけどさ。近田の死因は、窒息死なんだよ」

「窒息死？　絞殺じゃなくて？」

「そうなの。どういう死に方？　って思うでしょ」

「そりゃあ変だね。でも、なんか、北斎でつながってきたんじゃないの？　遺体が置かれたのは、柳嶋の妙見さまだし、しかも北斎はデザイナーとしても超一流だからね」

「そうなの？」

「ああ。じっさい、櫛《くし》のデザインとかやってるんだ」

「へえ。でも、近田流星の事務所には、北斎の絵みたいなものは、まったくなかったと思うなあ」

「桑木画伯も、近田自身はとくに北斎に興味があったようではなかったと言っていたけどね」

「あ、ちょっと待って。いま、新しい報告が来たみたい。また、電話する」

署内らしく、電話が慌ただしく切れた。

9

夕湖がいたのは、本所署内の刑事課の部屋である。

夏山を問い詰めるため、別室に待たせておき、そのあいだに近田事務所の人たちと連絡を取り、これまでにわかった夏山の中傷メールや目撃談などについて、別に話をまとめていた。

夏山がかなり怪しいというので、本所署の刑事課長も夏山の尋問に加わることになっている。尋問は余裕を持って、夕方の五時から始めようということになった。

その準備中に月村の電話があったのだが、そこへ青山など何カ所か調べに出ていた大滝がもどって来たのだった。

「変なやつだよな、近田ってのは」

椅子に座る早々に、大滝は言った。

「なにかわかった？」

「あれの兄さんと、それから芸大の友だちで、いまも付き合いがある高校の先生をしてる男の話を聞いたんだが、どうもかなりスピリチュアルな人間だったみたいだな」

「霊が見えるんだ？」

と、夕湖は言った。

夕湖の友だちのなかにも二人ほどいた。とくに大学のときの友だちのほうは、ごく常識的で、とても嘘を言うような人には思えない。でも、さらっと、

「あ、いま、そこに苦しんでいる霊が」

などと言ったりした。その人の話を聞いているときは、やっぱり霊はほんとにいるのかと思うが、ふだんはどうも眉唾《まゆつば》だよなと思ってしまう。

「スピリチュアルと言っても、そっちじゃないんだ」

「どっち？」

「なんか宇宙の意思というか、そっち系」

「じゃあ、宗教？」

「まあ、そうなんだろうけど、神棚あったよな」

「うん、あった」

「あの祠みたいなやつ、なかを見たんだよ」

「見たんだ？」

それは大滝じゃないとできない気がする。夕湖も、なにを拝んでるのか見てみたかったが、あれを開けるのははばかられた。信じてはいないが、「バチが当たる」という言葉はトラウマみたいに心のなかにある。

「なかは適当だったぞ」

と、大滝は言った。

「適当？」

「そう。神社のお札とか、隕石《いんせき》みたいな石とか、象牙《ぞうげ》の人形とか、なんか子どもの宝箱みたいなんだ」

「それ、拝んでたの？」

「そこはよくわからないんだ。それで兄さんが言うには、子どものころは別に信心深いとか、霊感が発達してるとか、そういうことはなかったらしい。でも、大学に入って、最初の夏休みに実家に帰ったときは、ちょっと瞑想《めいそう》をするとか言い出して、皆、ずいぶん心配したらしい。まさか、オウム真理教じゃないだろうなって」

「そうなの？」

「違うよ。おれは集まったりせず、一人で拝んだと言ってたらしいんだ」

「ふうん」

「大学の友だちのほうも、そういうところはあったと言っていたよ。それで、どうも富士山を拝んでいたんじゃないかって」

「富士山を拝む？」

遺体が放置されていたところの近くに描かれていた北斎の富士山を真似た絵を思い出した。だから、あそこに放置された？

「夏休みにキャンプに誘ったとき、近田は富士山に登るのでその日は駄目だと断わったそうなんだ。なんでも、毎年、富士山に登って、ゴミ拾いのボランティアをやっていたらしいぜ」

「富士山のゴミ拾い？」

なんか、富士山とは合わない言葉のような気がする。

「富士山には、もの凄い数の登山者が登るんだ。それで、昔は頂上あたりもゴミのポイ捨てがひどかったんだけど、それが社会問題になって、さすがに最近は上のほうはきれいになったらしい。だが、五合目から下のほうになると、相変わらずゴミはひどいらしい。なかには粗大ごみをわざわざ富士山の麓《ふもと》に捨てに来る馬鹿もいるんだと。それで、近田はそういうのを片づけるボランティアをずっとやってきたらしいんだな」

「へえ」

「それで、その友だちにも、富士山にはやっぱりなにかが宿ってるんだと話したことがあったそうだ」

「なにかが？」

「あの神棚の祠にも、浅間《せんげん》神社のお札があっただろう。浅間神社っていうのは、富士山を拝むんだな。おれは知らなかったんだけど」

「そうなんだ」

夕湖も知らなかった。

「でも、そういう仲間がいたのかと訊くと、個人的にやってたらしいんだな」

「へえ」

「あいつ、友だちとかもほとんどいないんじゃないのか？　その高校の先生とも、卒業してからは二度ほど会っただけで、ほかの同級生に訊いても、近田と会っているやつはほとんどいないそうなんだ。どうも、一人だけ有名になったから、浮いちゃったのかもしれないな」

「そういうこともあるだろうね」

「というわけで、たいした収穫はない」

大滝は、申し訳なさそうに言った。

ほんとに、この人はいい人間だと思ってしまう。

10

バスが江の島に着いたときは、午後四時になっていた。

まだ夕暮れには時間がある。

江の島はいまや水族館もあればスパリゾートもあるという、一大観光拠点になっている。年配の客などは、たいがい昔来た記憶があるが、その変貌《へんぼう》ぶりにはいちようにびっくりする。展望台もこんなんじゃなかったと言うが、月村はいまの展望台しか知らない。

夕食もここで取ることになっている。五時半に指定のレストランに集合してもらうことにして、それまでは自由に散策してもらうことになっている。

コンダクターの川井綾乃だけはのんびりなどしていられないが、月村は細かいことは関わらなくていいので、自由時間である。

堀井から、雑誌に載せるため、名物であるすっ裸の弁天さまを撮るのに付き合えと言われたが、

「悪いけど、北斎のことで考えたいことがあるんだ」

と、断わった。

「北斎のこと？　近田流星殺人事件のことじゃないのか？」

「なに言ってんだ。近田は殺されたかどうか、まだわかってないぞ」

「そりゃ、まあ、そうだけど」

嘘ではなく、北斎の目で富士を眺めたかった。

その富士はよく見えている。空気が乾いているので、靄《もや》もかかっていない。

北斎は、このあたりで〈相州七里浜《しちりがはま》〉と〈相州江の島〉と、二つ描いている。

江戸時代も観光地として有名だったので、サービスの意味もあったのかもしれないが、七里ヶ浜を描いたほうは、じっさいの光景とはずいぶん違っている。

ツアー客もそれぞれいろんなところに腰かけて、遠くの富士を眺めている。

――ん？

実業家の児玉翔一が、今度は別のツアー客と、知り合い同士の内緒話みたいに話をしていた。

その客は、青いアロハシャツを着ていて、席は月村たちのすぐ後ろだったはずである。ということは、児玉翔一と席は離れている。一人で参加しているらしく、隣の客ともまったく口を利いていなかった。

――なにを話しているのか。

月村は、気になって、さりげなく後ろに回り込み、それからゆっくり後ろを通り過ぎながら耳を澄ませた。

「それはしょうがないよな」

と児玉が言った。

「ああ。でも、あいつは曲げないと思うな」

アロハシャツの男が言い、それから口をつぐんだ。わきを通った月村を警戒したみたいにも思える。

それから、二人はなにかひとことふたこと話すと、さりげなく遠ざかった。

あいつは曲げないと思うな……。

たしかにそう言った。

やはり二人は知り合いなのだ。そして、別の第三者の話をしたのだ。

——だが、なんだって他人同士みたいにして、同じバスに乗っているのか。

嫌な予感がしてきた。

月村はこのツアーが無事に終わって欲しいと、弁天さまにでも、富士山にでも、そして北斗七星にでも、祈りたい気分だった。

第三章　真っ赤な富士

1

セットしておいたスマホの目覚ましが鳴ったとき、月村は一瞬、いま、どこにいるのかわからなかった。昨夜は遅く寝たのか？　そんなことはない。まだ早いのだ。午前四時五十分。

――そうだ、ここは、山中湖のホテルだ。

カーテンを開ける。目の前に富士山が大きく見えているが、それが赤く染まりつつある。

「お、これはかなり赤くなるぞ」

そうつぶやいて、急いで歯を磨き、顔を洗った。

そのあいだにも、富士山はどんどん赤く輝いてきた。

窓から見るより、庭から見たい。そう思って、急いでホテルの前庭に出た。

昨夜、山中湖を見下ろす高台にあるこのホテルに着いたとき、ツアー客には、

「明日の朝、早く目が覚めたら、すぐ窓の外を見てくださいよ。夏の晴れた朝は、赤富士になりますから。北斎の赤富士が、嘘ではないことに驚きますよ」

と、言っておいた。

予期したよりもさらに赤く輝いてくれている。これは、絵具で言ったら何色と言うのだろう。ピンクに近い朱色。しかも山肌自体が輝いている。そのくせ、夕焼けと違って、空は赤くはない。真っ青な空が広がっているのに、富士山だけが赤いのだ。いったいどういう大気の案配なのだろう?

いつの間にかツアー客の半数ほどが、庭に出て来ていた。

昨日、川井綾乃といっしょに挨拶したホテルの支配人も出て来て、

「ここまで赤くなる日も、一年のうちそう何日もないですよ」

と、月村に話しかけてきた。

「へえ、そうなんですね」

「これはネットにアップしなきゃ」

そう言って、写真を撮り始めた。

そこへ、川井綾乃も小走りにやって来て、

「おはようございます。月村さん、早いですね」

「うん。これが楽しみだったから」

「ほんと凄い」

川井綾乃の白いスーツも、赤く染まっている。

そのとき、隣にいた支配人がちょっと移動して、

「これはこれは、国交省の前川さんじゃないですか」

と、前のほうにいた男に話しかけた。

このツアーの客で、昨日、スカイツリーで児玉翔一とさりげなく話していた男である。今日も同じスーツふうの上下を着ている。

「え、あ、いや」

前川と呼ばれた男は、やけに動揺したみたいである。

だが、支配人はたいして気にもせず、

「東京の本社にいたときに、レッツゴー・キャンペーンで、お世話になりました富士観光の伊藤でございます」

と、挨拶した。

レッツゴー・キャンペーンというのは、観光業の不振をなんとかしようと、政府の肝入りでおこなった大がかりな旅行振興キャンペーンで、派手な宣伝が話題になった。いかにも金を使ったとわかるコマーシャルが、テレビだけでなく、駅や地下鉄の車内などでも大量に流され、

「レッツゴー、レッツゴー、日本の隅々へ」

という歌は、しばらく耳にこびりついた。月村の両親などは、

「昔の国鉄の〈いい日旅立ち〉のキャンペーンを思い出す」

と言っていたが、〈いい日旅立ち〉というキャンペーンの命名のほうがよっぽど洒落ている。〈レッツゴー・キャンペーン〉では、なんだかあぶないところへ連れて行かれそうな気がする。あれを担当したのは、国土交通省だったのだろう。

「ああ、いや、お世話なんて。こちらこそ」

と、前川は言った。

「あ、今日はなにか内密のプロジェクトかなにかで?」

「そうじゃないよ。プライベートさ」

「そうですか」

「じゃあ、いろいろ仕度があるので」

と、前川は逃げるようにいなくなった。

国交省の役人だと知られたくなかったのか。

あの人物は、どうも怪しいのだ。

だが、ほかにもいた。

――あ、あいつらもだ……。

向こうでは、昨日、児玉と前川と三人で話していたヤンキースの帽子の男が、青いアロハシャツの男と話をしていた。

ヤンキースの帽子の男の顔は、ひどく暗い。

青いアロハシャツの男も、眉をひそめている。

あれが、北斎のツアーに来て、これほど見事な実物の赤富士を目の当たりにしているツアー客の顔だろうか？

このツアーには、怪しい男が四人も参加している。

実業家で大金持ちの児玉翔一。

国交省の役人で、レッツゴー・キャンペーンを担当した前川という男。

ヤンキースの帽子の男。

青いアロハシャツの男。

あいつらは、それぞれ知り合いでありながら、知らない者同士のようにしている。

いや、まだほかにもいるのかもしれない。

いったい、どういう付き合いなのか。

「月村さん。どうかしました？」

川井綾乃が訊いた。

「あ、いや、なんでもないよ」

いまの時点では、川井になにか言うのはやめたほうがいい。

富士を見ると、もう赤い色はかなり薄くなっていた。

2

夕湖は月村のベッドで午前七時に目が覚めた。快適な目覚めである。自分のベッドで寝たよりもすっきりしている。

足元にいた猫のチェットが、

「起きたのかい？」

というように啼いた。

「おはよう、チェット」

そう言って、まずは屋上の草原に出て、朝日を浴びた。周囲に高層ビルがないので、日がまっすぐ差してきている。

昨夜は熱帯夜になると言っていたが、窓をぜんぶ開けて寝たので、じつに快適だった。

お湯をわかしてコーヒーを淹《い》れ、トーストを二枚焼いた。ゆで卵は、昨夜、コンビニで買っておいた。

食べながら部屋を眺める。

周囲の本棚には、歴史の史料がぎっしり詰まっている。小さな図書館みたいである。小さなテレビとラジオが並んでいて、月村はいつもラジオのほうをつけて、朝のニュースを聞く。よほど気になるニュースがあると、テレビにする。

「なんか、充足してるよね」

と、夕湖はつぶやいた。

月村が強いて結婚話を言い出さないのがわかる気がする。

自分でも、この暮らしがあったら、これになにかを足そうとかは思わないだろう。なにかを引こうとも思わないかもしれない。

「だって、ここには嫌なものなんかなに一つないんだもんね」

すべて自分が買ったもので、自分の興味のあるものばかりなのだ。

古びた椅子だって、ヒビの入った火鉢だって、どれも愛着のあるものなのだ。

「駄目だな」

と、つぶやいた。しばらく結婚話は盛り上がらないなという意味である。とはいえ、別れるつもりは毛頭ない。

スマホを手にし、月村にかけた。

「やあ、早いね」

月村の、いつもの暢気《のんき》な声がした。

「昨夜はなかなか仕事が終わらず、電話できなかったのよ。とんでもない変なやつを連行しちゃったおかげで」

「近田流星の件で？」

「そう。ネットに中傷記事を六、七年もずっと書き込んでたんだけど、錦糸町の事務所で仕事してる同じデザイナーだったの」

「なるほど。気持ちはわかるね」

「誰だってわかるよね。かたや青山のきれいなマンションに事務所を持つ、売れっ子デザイナーだからね。でも、あたしたちが話を聞きたいって訪ねて行ったら、居留守を使って、しかもあたしたちの後をつけ回してたの。そういうことは、誰もしないよね」

「へえ」

「だから、怪しいんだけど、アリバイ証明のため、スマホを見せろと言っても、見せないわけ。預かると言っても嫌だと。位置情報を調べれば、すぐにアリバイも証明できるのにだよ」

「ははあ」

「臭いでしょ」

「犯人じゃなかったら、見せたくないものが入ってるんだ」

「やっぱりそう思う？」

「うん。まあ、いちばん単純なところでは、盗撮かな」

「そうだね。こっちも、いまのところは、無理に没収もできないじゃん。だったら、ずっとここにいることになるよと言っても、しょうがないだと」

「そりゃあ弱ったね」

「こっちが諦めるのを待つつもりみたい」

「それで、そいつは結局、警察署に泊まったんだ？」

「うん。もちろん、あたしは帰らせてもらったけどね」

ここに着いたのは十時で、シャワーを浴びてすぐに寝た。だからたっぷり八時間以上は眠れた。自宅だったら、なんだかんだで六時間くらいしか眠れない。簡素な暮らしというのは、時間の節約にもなるのだ。

「でも、こっちもなんか変なんだよ」

と、月村は言った。

「変て、まさか近田流星がらみで？」

「たぶんね」

「そうなの？」

月村が疑いを持ったということは、近田流星の死が殺人事件で、なおかつそのバスツアーに重要ななにかが起きているということなのか？　近田流星が乗るのに怯えていた理由でも見つかったのか？

「思い過ごしと言われたら、そうなのかもしれないようなことなんだけど」

「月村くんの場合、思い過ごしなんてことはないよ」

「いやあ、やっぱりまだ、どう言ったらいいかわかんないよ。ただ、ものすごく嫌な感じがしてるんだ」

「ツアー客のことで？」

「うん。あ、チェットが啼いてるね」

「あ、ほんとだ」

「飯の催促かな」

　ペットフードはさっきあげた。水も替えた。

　トイレの砂を替えてないのが気に入らないらしく、猛然とかき出し始めた。砂が部屋じゅうに散らばり出している。

「あ、ごめん。また、電話するね」

　スマホを切って、慌てて砂を替えに向かった。

3

　月村は朝食を取ると、すぐバスに乗り込んだ。

まだ午前八時である。

今日は、できるだけ全方向から富士を眺めてもらい、北斎が描いた富士のかたちと比較してもらおうというのも目的の一つになっている。

もちろん客にも、ルートに沿った北斎の絵は渡してある。

まずは御殿場《ごてんば》から箱根に向かい、それから海側に出る。そして富士川を上流へさかのぼり、河口湖を経て、吉田口から富士山に登る。

富嶽三十六景で描かれた今日のコースに入る地点は、次の八点である。
・甲州三嶌越(御殿場から三島へ至る道筋)
・相州箱根用水(芦ノ湖を見下ろすあたり)
・東海道江尻田子の浦略図(静岡市田子の浦)
・駿州大野新田(静岡県富士市南部)
・駿州片倉茶園ノ不二(静岡県富士市近辺)
・身延川裏不二(富士川と身延山《みのぶさん》あたり)
・甲州石班澤(富士川上流鰍沢《かじかざわ》あたり)
・甲州三坂水面(山梨県富士河口湖町)
田子の浦は沖には出ないが、景勝地からの眺めを堪能できる。

鰍沢の絵も、このシリーズ屈指のできばえだし、湖面に映る富士の位置と雪景色が謎めいている三坂水面も、実物を見て、興味は倍増するだろう。

御殿場を走るバスの窓から富士を眺めながら、

「このツアーは、天気に恵まれればこんなふうに最高のツアーになるけど、雨に降られたらまずいよね」

と、月村は前の座席にいる川井綾乃に言った。

「そうなんですよ。下手したら、富士山がまったく見られないこともあり得ますからね」

「そのときはどうするの？　中止？」

「中止にはよほどのことがないとしませんよ。海外からのお客さまも来ることになるでしょうから。いちおうそのときは、天気予報で日程を変更するんです。三日あれば、台風シーズンとか梅雨の季節でなければ、どこかで一日くらいは晴れてくれるじゃないですか。その日をこのコースに充てるんです」

「なるほどね」

月村は感心した。さすがに旅行会社は、いろいろ考えるものである。

箱根では、芦ノ湖の湖畔でお茶を飲んだ。

見ると、堀井が桑木画伯にべったりくっついて、あれやこれやと面倒を見ている。隙《すき》を見て、

「どうしたんだ？　画伯にべったりじゃないか？」

「まあね。じつは、何号か後に、京都の伊藤若冲《じゃくちゅう》とか池大雅《いけのたいが》、曾我蕭白《そがしょうはく》などの絵師たちの特集を組む予定があってさ、なんと画伯はブームになる前から若冲とか蕭白に興味を持っていたそうなんだ」

「へえ」

「それで、そのあたりをみっちり語ってもらえることになってさ」

「やったじゃないか」

「まあな」

堀井は、とんでもない失敗もするが、調子がいいので、思いがけないヒットも生む。これはヒットと言っていいだろう。

堀井が面倒を見てくれるので、沙織はだいぶ手が空いたらしく、田子の浦に面したレストランで魚介類たっぷりの昼ごはんを食べる段になって、

「北斎先生の家族って、あのお栄さんだけだったんですか？」

と、月村に話しかけてきた。その向こうには、画伯と堀井が座っている。ここ

は海が眺められる席で、客は窓に向かって横一列に座るようになっている。

「違いますよ。北斎の家族っていうのはけっこう複雑でしてね。まず、二度奥さんをもらっていて、どちらも北斎より先に病気で亡くなってしまうんですが、それぞれ一男二女をもうけています」

と、月村は答えた。

「じゃあ、子どもは六人いたんですね」

「ええ。それで、男子ですが、先妻の長男が、この人は北斎が一度、養子に入ったと言われる御用達鏡磨師の中島家に養子に入ったようです。それで後妻のほうの次男は、御家人の養子に入り、武士になってしまいました」

「そうなんですか」

北斎でちょっと道を外れた川村家だが、また元の武士の家系にもどったことになる。北斎の葬儀にも、槍《やり》や挟《はさ》み箱を持った武士たちが参列していたというし、墓にも「川村氏」と、姓が刻まれている。

「有名なお栄さんですが」

と、月村はつづけた。沙織もそこがいちばん知りたいはずである。

「はい」

身を乗り出すようにした。

「後妻の娘で、北斎にとっては三女になります」

「そうなんですね。なんか、ずうっと北斎とお栄さんは二人暮らしだったようなイメージがありますよね？」

「小説とか漫画でもそんなふうに描かれていますよね。でも、後妻が亡くなったのは、北斎がまだ『富嶽三十六景』を発表する前のことですから、それまでは奥さんが世話をしていたはずです。そのときは、出戻ったお栄もいっしょだったのかもしれません」

「そうですよね」

「また、先妻の長女の子を引き取って育てたんですが、これがひどい不良になってしまいましてね」

「まあ」

「北斎はこの孫の尻ぬぐいにさんざん悩まされつづけたんです」

「そうだったんだ」

天気はいいが、海には白波が立っている。富士山は反対側だから、もちろん波の向こうには見えない。

「桑木先生と沙織さんも、北斎とお栄みたいですね」

ちょっと声を落として言った。

「最近、よく言われます。ぜんぜん嬉しくないんですけど」

沙織はさらに小声で言った。

「そうなんですね」

苦笑するしかない。

「お栄さん、献身的だったんでしょう？」

「どうですかね」

「違うんですか？」

「それはわかりませんよ。もしかしたら、言い争いばっかりで、仲はよくなかったかもしれません」

「まあ」

「だいたい、北斎は非常にアクの強い人ですからね、たとえ娘とはいえ、いや逆に娘ゆえのわだかまりとかもあったかもしれません」

「そうですよね」

沙織はちらりと父の桑木画伯のほうを見た。

昼ごはんは、刺身の盛り合わせがあったり、煮つけや焼いたものや、とにかく海の幸がてんこ盛りである。月村は、カレーの次に魚が大好きだから、しょっちゅう築地の市場にもごはんを食べに行っているくらいで、その月村にしても取れ立ての刺身がびっくりするほどうまい。

ところが、画伯は刺身のほとんどを残していて、別にカツ丼を頼んだようである。残したものは、堀井にしきりに勧めているが、さすがの堀井も、そんなには食べられないと断わっているらしい。

沙織はそれを困った顔で見ている。

食べものだけでなく、さぞかしいろんなことに好き嫌いが激しいのだろう。

月村はあまりじろじろ見るのはやめて、

「いくら儒教の時代でも、人はそうそう立派には生きられませんよ」

と、沙織に言った。

「ですよね」

沙織はうなずいて、悪戯《いたずら》っぽく顔をしかめてみせた。

4

夕湖は朝ごはんのあと、しばらくチェットをかまって遊び、それからシャワーを浴びて、午前九時に本所警察署に入った。

結城刑事は、結局、署に泊まる羽目になったらしい。

「夏山はまだ、粘ってるんですか？」

「ええ。よっぽどまずいデータが入ってるんでしょう」

目の下に隈《くま》をつくった結城は、うんざりした顔で言った。

「近田を殺すところを、ずっと撮影してたりしたんですかね？」

「そう思えてきますよね」

「没収は駄目ですか？」

「署長にも相談したんですが、もうちょっとなにか証拠みたいなものが出ないと、あとで面倒になるらしいんですよ」

「そうですか」

「しかも、あの野郎、うまいコーヒーが飲みたいだの、コンビニでおにぎり買って来てくれだの、ほんとにぶっ飛ばしてやりたいですよ」

そこへ、大滝もやって来た。

「ちょっと強面《こわもて》で脅してもらいましょうか」

と、夕湖は大滝にわけを話し、尋問に付き合ってもらうことにした。

夏山は取調室で、別の刑事に見張られたまま、ぼんやり腕組みなどしていた。

さすがに眠そうだったが、大滝を見た途端、夏山の顔が変わった。

「え。嘘」

夏山が言った。

「なにが嘘だよ?」

大滝は睨みつけながら訊いた。

「柔道の大滝豪介じゃないよね?」

顔が輝いている。

「大滝だよ」

「ええっ。おれ、大ファンだったんだよ。講道館にも試合を五回くらい見に行ったし、日本一になった試合を生で見てたんだから。オリンピックのあれは事故としか言いようがないよね。嘘、まじで? 警察官になったとは聞いてたけど、マスコミから逃れるためじゃなかったの？　おれ、てっきり格闘技に行くのかと思ってたのに」

大滝には、格闘技ファンが大勢ついていたのだ。

「あ、そ。ずいぶん誘われたけどな。おれ、悪党をやっつけるほうが性に合ってると思ったんだよ」

「そうなの。ええ、参ったなあ。大滝豪介に調べられるとなると、ちょっと気分変わっちゃうよなあ」

夏山は嬉しそうに言った。

「だったら、早く携帯見せろ。位置情報をチェックして、法性寺の前に行ってなかったら、それで終わるんだから」

「それだけ？　ほかの見ない？」

「見ないよ」

「おれ、大滝豪介を信用するよ」

「しろよ」

「わかったよ」

夏山はスマホを差し出した。

もう一人、スマホの操作に詳しい少年課の署員に協力してもらい、過去の位置情報などを確認した。

結局、夏山のアリバイは成立し、疑いは晴れた。午後一時になっていた。

「帰っていいよ」

大滝がスマホを返してそう言うと、

「いやあ、頑張ってください」

と、夏山は大滝に握手まで求めた。

応じる大滝も大滝だが、おかげで面倒なことが解決したのだから、嫌味も言えない。

署を出て行く前に、夏山は振り返って、

「でも、近田ってやつは、ほんとに権力から優遇されてんだよ。おれだったら、あいつの賄賂《わいろ》とか接待とか、そっちを調べるけどね」

と、偉そうに言った。

後ろ姿を見送ってから、

「ほんとに、ほかのところは見てないの？」

と、夕湖は大滝に訊いた。

「いや、見たよ」

「見たんだ？」

「そりゃあ見るさ。もっとひどいことをやってるかもしれないんだもの。死体の写真がぞくぞく出て来るかもしれないんだもの」

「まあね。あいつ、やっぱり盗撮でもやってたんでしょ？」

「いや、盗撮じゃない」

「なあに？」

「女装」

「そっちかあ」

「また、似合わねんだ。恥ずかしいから見せたくなかったんだろうな」

「なるほど。初心者なんだね。年季が入って来ると、逆に見せたくてしょうがないらしいから」

それは、以前、少年課にいたとき、女装趣味の人から直接聞いた話だった。

夕湖は、大滝といっしょに本所署の近くの中華料理屋で昼ごはんを食べていた。

大滝は、チャーハンにシュウマイに野菜炒《いた》めを頼んだ。いまの体重は百キロを割ったそうだが、さすがに凄い食欲である。

夕湖は、冷やし中華にした。

たちまち食べ終えて、メニューを眺めていた大滝に、

「でも、近田流星の経歴って、ほんと、夏山が言っているとおりで、なんか恵まれ過ぎている感じはするんだよね」

と、夕湖は言った。

「それが才能ってものなんじゃないのか」

「それだけかな」

「あるいは、うまく世のなかの機運に乗ったんだろう」

「機運て誰がつくるの？」

「一般大衆だろう」

「そうかな」

「じゃあ、誰がつくるんだ？」

「つくられるところってあるんじゃないの。全通とか大手の広告代理店がつくっているって、けっこうあるような気がしない？」

「ま、マスコミとかに踊らされてる感じはしないでもないよな。でも、それが近田流星の死と関係があるって？」

「ちょっと途方もない話になっちゃうか」

夕湖は苦笑した。

「それで、近田の調べはこれ以上、なにするんだ？」

「ほんとだよね」

所轄のほうでも、完全に行き詰まった状態らしい。

——こういうときは、月村くんにでも電話するか。

と、夕湖は思った。

5

月村たちが乗ったバスは、田子の浦を出発すると、速度こそ緩めたりはしたが、一度も停車せず、河口湖のほとりまでやって来た。道は空《す》いていたので、予定より三十分ほど早い到着になった。

湖畔のレストランで、休憩を取ることになっている。

ここは〈甲州三坂水面〉で描かれた場所である。

湖面は波もなく、富士山をきれいに映し出している。

こういう光景を見ると、北斎の絵は見れば見るほど不思議である。

湖面に富士山は映っているが、富士山の真下ではなく、左にずいぶんずれたかたちで映っている。

しかも、正面に見えているのは雪のまったくない夏の富士山なのに、湖面に映っている富士山は、雪をかぶった冬の富士山なのである。

これは、当時の人たちも、

「この絵は変だ」

と、思ったに違いない。北斎はいったいなにを考えてこの絵を描いたのか。つくづく北斎の頭のなかをのぞいてみたい。

北斎を描いた小説や漫画、映画はいろいろあるが、どれもお栄さんと二人暮らしする作画三昧《ざんまい》の変わった爺《じい》さんということで描かれている。年寄りと娘の暮らしの周囲には、さまざまな人間が出入りし、いっぷう変わったできごとが起きたりする。

でも、果たしてそれで、北斎を描いたことになるのだろうか。

世のなかには、娘と二人暮らしの年寄りなんか山ほどいる。そこにもさまざまな人が出入りし、いろんなできごとがある。だが、あの〈富嶽三十六景〉を描くことができたのは、葛飾北斎たった一人なのだ。

北斎が凄いのは、別に長生きしたからでも、娘と二人暮らししたからでもない。北斎の才能が、頭のなかでおこなわれていたことが凄いので、そこを描かなければ、北斎を描いたことにはならないのではないか。

もしかしたら、このときの北斎の頭には、荘子の〈胡蝶《こちょう》の夢〉に近い想念があったのではないか。荘子が蝶々になった夢を見て、目を覚ましたときに、はたして自分が蝶々《ちょうちょう》の夢を見たのか、蝶々が自分の夢を見ているかわからないと思ったというやつである。

見えている夏の富士山が本物なのか。じつは、湖面に映る冬の富士山のほうが本物かもしれないのだぞ、という寓意《ぐうい》が潜んではいないのか。

あるいは、月村は以前、量子力学という学問に嵌《は》まったことがあるのだが、そこでは物質のもの凄く小さな量子と呼ばれるくらいのものになると、観測されない限り、特定の位置を持たないという理論が成り立ってしまう。これに異議を唱えたのが、相対性理論のアインシュタインで、彼は、

「観測されなければ特定の位置を持たないというなら、誰も見ていなかったら、月はそこにないのか?」

という有名な疑問をぶつけたのだった。

これは、難しい話になるのだが、現代の量子力学では、「誰も見ていなかったら、月はそこにない」というほうがほぼ正解とされている。

北斎が描いた〈甲州三坂水面〉の絵は、そんなことまで考えさせられてしまう。

と、そこへ電話が入った。

「やあ、夕湖ちゃん」

「いま、大丈夫?」

「うん。ちょうど河口湖畔で休憩中。なにかあったのかい?」

「ううん。じつは、例の錦糸町のデザイナーは結局、アリバイが成立して解放しちゃったんだけど、別れ際に、近田は権力に優遇されてきたから、そっちを調べろみたいなことを言い捨てて行ったの」

「へえ」

「でも、近田ってたしかにそうだなって思えてきて、月村くんと話すと、なにか別の取っ掛かりが見つかるかなと思ったわけ」

「なるほど。じつは、ぼくもちょっと気になることがあってさ」

「なに？」

「このツアーに、何年か前にやっていたレッツゴー・キャンペーンていうのを担当したらしい国交省の役人が参加してるんだよ」

「ああ、あれね」

「それで、あのキャンペーンのロゴマークって、もしかしたら近田がつくったのかなと思ってさ」

「なるほど」

「それで、ネットをぐったりしてたんだけど、ネットではそこまでの記事は見つからないんだよ」

「こっちで調べようか？」

「ああ。もし、近田がつくっていたとしたら、そのキャンペーンと関わった国交省の役人が、このツアーに来ているというのは、ただの偶然なのかって疑問が生じるよね」

「ほんとだね」

「それと、このツアーには実業家の児玉翔一って男も参加してるんだけど」

「ネット通販の？　女優の舞坂《まいさか》シスコと付き合ってる？」

夕湖は月村よりはテレビを見ているので、ちゃんと知っていた。

「うん。そこでやっているネットのページとか、あるいは会社のロゴとか、もしかしたらそれも近田がやっていたんじゃないかな？」

「わかった。それも調べるよ」

「すると、近田がこのツアーに来たくなかったわけ、怯えていたわけというのにつながるかもしれない」

「うん。わかり次第、電話する？」

「もうすぐ出発だから、メール入れてもらったほうがいいかも」

「いま、富士山？」

「いや、いまから五合目に向かうんだ」

バスのほうを見ると、皆、集まり出していた。

「わかった。なんだか、そっちに行きたくなってきちゃったよ」

夕湖はそう言って、電話を切った。

6

夕湖は、結城刑事に、

「もう一度、近田事務所に行ってみたいんだけど」

と、相談した。

「ああ、行きましょう。完全に手詰まり状態なんだから、なんでもやりますよ」

押上から浅草まで行き、銀座線に乗り換えて、外苑前までやって来た。刑事はよほどのことがなければ、タクシーは使えない。

マンションを見上げ、

「夏山の仕事場見ちゃうと、ここはやっぱり売れっ子の事務所ですよね」

と、結城は言った。

「ほんとだね」

今日も庄司亮と花巻絵里香の二人のアシスタントは出社していて、これから伺うとは連絡しておいた。なんでも、近田がやり残した仕事があったので、それはアシスタント二人が最後まで仕上げることになったらしい。

事務所に着くとすぐ、

「もしかして、近田さんは国交省が数年前にやったレッツゴー・キャンペーンの仕事はなさってました？」

と、夕湖は訊いた。

「ああ、してましたよ。キャンペーンのロゴマークは、近田さんがつくったものだし、駅などに貼《は》ったポスターのデザインもやったはずですよ」

庄司が答えた。

「コンペかなにかあったんですか？」

「いいえ。それは、近田さんがすでに国交省の仕事で実績があったので、直接、依頼してきたみたいですよ」

「そうなんだ」

花巻絵里香が、そのときのポスターを出して見せてくれた。

五種類ほどあり、北海道の阿寒湖《あかんこ》、沖縄のサンゴ礁、鳥取砂丘、京都の祇園《ぎおん》、博多の屋台街の写真が使われている。どれにも、共通の、

「そんなこと、忘れちゃえ。旅、行こ。レッツゴー」

という同じコピーが入っている。

その文字やデザインを見ると、たしかにいかにも近田っぽい。

「これ、ずいぶん見ましたよね」

と、夕湖は言った。駅や車内のあちこちで見た覚えがある。もちろん誰がデザインしたとか、そんなことは考えもしなかった。

「それと、児玉翔一の通販会社と付き合いってあります？」

「ありますよ。会社のロゴもそうですし、あそこでネットのキャンペーンをおこなうときも、うちの事務所でページのデザインをしていますよ。じつは、あたしたちが後を引き継いだのも、児玉社長のところの仕事なんです」

「そうだったの」

「これをうまくやれば、あたしたちも路頭に迷わずに済むかもしれません」

「打ち合わせは児玉社長と？」

「いや、社長はそういう細かい打ち合わせなんかしないでしょう」

「そうなの？　じゃあ、仕事は社長から直接じゃないんだ？」

「あ、児玉社長は昔、広告代理店の全通におられたんですよ」

「そうなの」

「だから、全通のときに知り合いだったかもしれないですね。それでその縁で仕事をもらえるようになったのかも」

「仕事のリストって見せてもらえます?」

「はい。プレゼン用につくってあったリストはこれですが」

と、すでに印刷されたやつを見せてくれた。

なにかの引き出物にしたみたいな、豪華なパンフレットである。

しかも、その仕事の実績たるや、レッツゴー・キャンペーン以外にも、
・東京パリ交流イベントのロゴと宣伝ポスター
・トビタ自動車ウインダム発売キャンペーン
・日本エレクトリック社次世代スマホキャンペーン
・BOA銀行日本キャンペーン
・京都夏の観光キャンペーン
など、ほとんど国家事業並みのプロジェクトに関わっている。

「凄いですね」

結城刑事も驚いた。

「もちろんぜんぶじゃないですよ。細かい仕事ははぶいてあるはずです」

「ええ。それにしても凄い。近田さん、政治家の息子とかじゃないですよね?」

結城が訊くと、

「違うと思いますよ。たしか、お父さんは高校の美術の先生だったはずです」

花巻絵里香が笑って答えた。

「そうかあ。やっぱり才能かあ」

結城は納得したが、夕湖はたしかに権力に優遇されているというのは当たっているかもしれないと思った。

「警視庁関係とかはやってないですよね？」

夕湖はいちおう訊いてみた。もし、やっていれば、広報課に友人がいる。近田の人脈なども訊けるかもしれない。

「いや、警察関係はないですね」

「そうですよね」

ピーポくんは、近田流星のイメージではない。あれはほとんどゆるキャラ。

7

北斎ツアーの二日目の最後は、富士登山である。

ただし、頂上までは行かない。五合目界隈を散策するだけである。

月村は富士山の頂上までは登ったことがない。二度、チャレンジしたが、どちらも悪天候で、七合目から引き返してしまった。

「富士山の頂上を知らなくて、日本の歴史が語れるか」

と、堀井から馬鹿にされたこともある。

富士スバルラインは快適なドライブコースで、景色に目を奪われているうちに、たちまち五合目に着いてしまった。

登山ルートで言うと、こっちは吉田ルートになる。富士山に登るには、ほぼ四つのルートがあり、ほかは須走《すばしり》ルート、御殿場ルート、富士宮《ふじのみや》ルートがある。いちばんきついけど早く登れるのは、富士宮ルートと言われるが、登山客がいちばん多いのは吉田ルートである。夏のシーズンなどは、行列ができるほどである。

月村は、スバルラインの五合目のほうが、スカイラインの五合目より、観光施設が多いような気がした。レストランなどの建物もいくつもあり、大型バスの駐車場も充実している。もっとも、こうした施設はどんどん拡充されるので、しばらく行っていないスカイラインのほうも、ずいぶん大型化しているかもしれない。

じっさい、五十代くらいの二人連れが、窓から周囲を眺めて、

「ええっ、こんなになったんだ。ずいぶん変わったわねえ」

「カプセルホテルとかもできたらしいぞ」

などと話していた。

それにしても、観光バスの多さはびっくりするほどである。大型バスがずらっと並んでいて、観光客が次々にバスから吐き出されて来る。

もちろん乗用車やバイクも多いが、自転車で来ている人もいる。

「こんなにいっぱい来てるんだ」

月村がそう言うと、

「日本人は半分以下ですよ」

と、川井綾乃が言った。

バスを降りる前に、もう一度、ここでの行動を川井綾乃が説明した。

「ここは五時半出発ですので、十分前にはバスへもどってください。それまでは自由時間です。お勧めは、向こうの登山口の五合目近くまで行って、もどって来られると、ちょっとした富士登山の気分を味わえます。どうぞ、ごゆっくりお楽しみください」

周りを見回すと、いろんな施設がある。

しかも広々していて、富士山にこんな広い台地みたいなところがあったかなと思えるほどである。

小さな郵便局があり、ここで自分宛《あ》てにハガキを出す人も多いらしい。富士山局のスタンプを押してもらえるのだ。

おみやげ屋もたいそうな人気である。

馬もいっぱいいる。観光客を乗せて、この近辺を散策するのだろう。夕湖がいっしょに来ていたら、ぜったい乗りたがったはずである。

上を見ると、富士山の頂上がすぐ間近に見えている。ここまでいい天気だと、なんだか軽く走って行けそうな気がしてしまうが、じっさい登るとそんなわけがないのはすぐに実感する。たしか、七、八時間くらいはかかるはずである。

とりあえず怪しい四人はどうするのか、月村は一人ずつチェックしてみた。

四人とも行動はバラバラである。

児玉翔一は、若い女性客数人に囲まれ、気軽に話をしている。

国交省の前川は、登山口のルートのほうへすたすた歩いて行った。

ヤンキースの帽子の男は、山小屋ふうの造りのレストハウスに入って行き、アロハシャツの男は、しきりにきょろきょろしている。

誰かと会うのかと、アロハシャツの男を見ていると、堀井がハアハア言いながらやって来て、

「月村、息、苦しくないか？」

と、訊いた。

「いや、別に感じないぞ」

「お前、鈍いんじゃないの。ここ、標高二千三百メートルだぞ」

「苦しいの？」

「トイレまで走ったら、凄く息が切れた」

「肥《ふと》り過ぎだよ」

そう言って、ふたたびアロハシャツの男を見やると、いなくなっていた。

「おれは、桑木画伯に付き合って、散策するよ。お前は？」

「うん、ちょっと電話しなきゃならないんだ」

「携帯、通じる？」

「通じるよ。いまは、頂上からも通じるらしいぞ」

「そうなんだ。じゃあな」

堀井は息切れしているわりには急ぎ足で、向こうにいる桑木親子のほうへ行っ

てしまった。

メールを確認すると、やはりレッツゴー・キャンペーンは近田流星が手掛けていた。ほかにも国家事業クラスの大型プロジェクトにもいっぱい関わっている。よほど人脈があって政治家の息子かと疑うが、父親は高校の美術教師だという。

やはり直接聞きたいので、電話をした。

「もしもし」

「あ、月村くん」

夕湖はすぐに出た。声もよく聞こえる。

「いま、富士山の五合目なんだけど」

「よく聞こえてるよ」

「メール、ありがとう」

「凄いでしょ、やつの経歴」

「ああ、凄いね。才能はともかく、近田流星って人は、どういうキャラクターだったのかな？」

これだけの仕事をしたわりには、マスコミなどにはあまり登場していないのではないか。裏方に徹する人で、だからこそ政府関係の仕事も多く受けたということともあるのかもしれない。

「キャラクター？　そういえば、近田の芸大時代の友だちや実の兄さんに訊いたところでは、かなりスピリチュアルなところがあったらしいね」

「スピリチュアル？」

「といっても、霊とかじゃなく、宗教っぽいというか、瞑想みたいなことはやっていたみたい」

「なるほどな」

「それで、富士山を拝んでいたかもしれないんだって。ゴミ拾いのボランティアにも参加していたし、事務所の神棚には浅間神社のお札もあったって」

「そうか」

「でも、その神棚にはほかにも隕石みたいなやつとか、象牙の人形とかもあって、子どもの宝箱みたいだったそうなの」

「そりゃあ、いまも江戸時代の富士信仰みたいなものを持っている人は、そうはいないだろう。それでも、なにやら宗教がからんでいる感じはしてきたよ」

「宗教？」

「ただ、既成の宗教とは違うのかもな」

「新興宗教?」

「それで富士山を拝むってのもなんか引っかかるな」

「世界的なデザイナーとは似つかわしくないね」

「でも、宗教がからんでいると怖いぜ。なんせ、突っ走るところがあるからな」

「あ」

夕湖が小さく叫んだ。

「どうした?」

「いま、近田の住まいのほうに来てるんだけど、収納に、なにも置いてなくて、座布団だけが置いてあったスペースがあったの。あれって」

「瞑想とか座禅とかしてたんじゃないか?」

「ちょっと待って」

夕湖は、移動して収納スペースの戸を開けたらしい。

「あ、やっぱり、ここ座れる。座禅組んでみようか」

「うん。そこで悟り開いたりしないで」

「冗談言ってる場合じゃないよ」

ギイとかカタリとか音がした。座ったらしい。

「戸を閉めると真っ暗だよ」

「怖くない？　一人なの？」

「もう一人、所轄の人がいるんだけど、いまは事務所のほうにいる。あれ？」

なにか見つけたのか。

「どうした？」

「小さな穴が開いてるんだよね。暗闇《くらやみ》に慣れたら見えてきたよ」

「へえ」

「息する穴にしては小さいなあ。もしかして、これって」

「なに？」

「そうだ、北斗七星だ」

「へえ。北斗七星のかたちに穴を開けてるんだ」

「うん。でも、ここ狭いから、息苦しくなるかも」

「おい、夕湖ちゃん」

「あ、まさか、ここで窒息死？」

「でなかったら、そういうような場所がほかにもあるんだろうね。鑑識はなにも言ってなかったの？」

「ここは、近田のほかに、誰の指紋も髪の毛も見つかってないんだよ」

「そうか。じゃあ、やっぱりそこではないどこかだ」

「ごめん。また電話する」

所轄の人が上がって来たらしかった。


宗教の話が出たので月村は思い出したが、葛飾北斎の富嶽三十六景のシリーズには、一枚だけ富士山の姿が描かれていないものがあって、それが『諸人登山』と題された絵である。姿が描かれていないというか、富士講の登山者たちに接近して描いているので、富士のかたちはわからないというわけである。

穴倉みたいなところでは、大勢の人たちがなにかに取りすがって泣いているみたいにも見える。ほかの絵とはまるで雰囲気が違う、異様とも言える一枚である。

この絵は、最初に描かれたとも最後だったとも言われるが、それだけ重要な一枚になっている。

場所もわかっている。吉田口の八合目にある烏帽子岩《えぼしいわ》のところである。

ここで富士信仰のリーダーとも言うべき六世行者の食行身禄《じきぎょうみろく》という人が、断食行の末に亡くなった。いわば聖地なのだ。月村は行ったことはないが、ここはいま、きれいに整備され、神社になっているらしい。

この食行身禄の教えは、口述筆記されたものが残っているのだが、当時の幕府からしたら、とんでもない思想が語られている。

「士農工商の四民の元は一体だ」

とか、

「神も仏も人間がつくったもの」

だとか、

「男女の差別もなく、同じ人間だ」

といったものである。さらには、「開国」を示唆したような発言もある。

富士講で富士山に登って、こんなとんでもない教えを吹き込まれたりしたら、幕府としてはたまらない。当然、禁止したが、富士講はおさまらなかった。

しかも、爆発的ヒットになった富嶽三十六景が、富士講を後押しした。

さらに、北斎自身が富士講の関係者だったという説さえある。

月村には、北斎の絵に、こうした食行身禄の教えと共通したものが感じられる。

ただ、北斎は後輩の浮世絵師である歌川国芳《うたがわくによし》や、親しかった戯作者《げさくしゃ》の柳亭種彦《りゅうていたねひこ》たちほど大胆ではなかった。誰が見てもわかるような、幕政批判になることは描かなかった。注意深く、北斎は自分の考えを絵のなかに潜ませていた……。

8

北斎や富士信仰のことなどをぼんやり考えながら、あたりを散策しているうち、集合時間になってしまった。

――そろそろバスにもどるか。

と、思ったとき、頂上に向かって、右側の上のほうから、ヤンキースの帽子をかぶった男が下りて来た。

――あっちのほうに行ってたのか。

たいがいは左のほうに行くので、珍しいと思ったのだが、

――ん?

妙な感じがした。

なんだか、違う人物のような気がしたのだ。

ヤンキースの帽子をかぶっている人などいっぱいいる。その一人なのか。

だが、男は月村たちのツアーバスに乗り込んだ。

――あれ？

確信はない。

嫌な予感がした。緊張してきた。手に汗をかきそう。

男が来た方向を見に行ってみる。

そっちは人けがほとんどない。

いちおう道が整備されているが、すぐわきは丈の低い松などで覆われている。松が途切れると、かわいた斜面が現われ、さまざまな大きさの石もごろごろ転がっている。落石があったりしたら怖い。

周囲を見ながら歩くが、登山靴でないと歩きにくい。上から下りて来る観光客がほとんどで、いまから上に向かう人は誰もいない。

風の音で聞き取りにくかったが、スマホが鳴っていた。

「もしもし」

「バス、出発しますよ」

川井綾乃の声。

「出てくれていいよ」

と、月村は言った。

「え？」

「ちょっと調べたいことができて。タクシーで追いかけるから」

バスの駐車場のわきには、タクシー乗り場もあった。タクシーで来て、タクシーで帰るような客もいるのだろうか。

「いいんですか？」

「うん。大丈夫」

「わかりました」

月村だから聞いてくれたのだ。ほかのツアー客なら、もちろん許さない。

二百メートルほど歩いたが、薄暗くなってきたので、引き返した。五合目の広場もずいぶん人が少なくなっていた。レストランなどはまだ営業していて、タクシーも数台、客待ちをしていた。

「すみません。バスに乗り遅れて、追いつきたいんですが」

「はいよ」

タクシーは怖いほどのスピードで追いかけてくれ、河口湖の手前で追いつき、バスに乗り移った。

騒がれないよう、そっと乗り込んだので、変な目で見られることもなかった。

だいたい、ほとんどの客が疲れたらしくて居眠りをしているようだった。

「なに、やってんだよ」

堀井が小声で文句を言った。

「うん。気になることがあって」

「まさか、探偵のほうでか？」

「なに言ってんだよ」

と、月村はしらばくれた。

堀井も居眠りを始めたのを待っていたように、川井綾乃が、

「なんだったんですか？」

という目で見つめてきた。

「ヤンキースの帽子をかぶった客がいるよね」

川井綾乃はさりげなく確認して、

「はい」

「なんか、違う人間のような気がするんだよ」

「違う人間？」

「もしかして、入れ替わったんじゃないかと思って」

「なんのために？」

「それはわからないけど」

「それで、五合目で捜してたんですか？」

「まあね。あの人の名前はわかる？」

「ええ」

綾乃は名簿を見て、

「丸山隼人《まるやまはやと》さんという方です」

「電話番号載ってるよね？」

「ええ」

「ホテルに着いたら、かけてみて」

「なにを訊くんですか？」

「本人ですかって？　それも変だよなあ」

気のせいかもしれないのだ。

警察官でも探偵でもないのだから、やはりここは観察しつづけるくらいしかできないだろう。

9

バスが到着したのは、山梨県甲府市の湯村温泉である。兵庫県にも湯村温泉があり、こっちは吉永小百合主演のテレビドラマの舞台になったりしたので有名だが、山梨県の湯村温泉も古くからある。

明日は小布施の北斎館や、天井画を残した寺などを見学するのだが、適当なホテルがないため、ここで宿泊することになっていた。ここの宿泊は、プランの打ち合わせのとき、月村が強く推薦したのである。やっぱり日本のツアーに温泉がないのは寂しいし、外国人にも喜ばれるだろう。

ここは、武田信玄の隠し湯の一つとして知られる。

北斎もたぶん、この風呂に入っている。滞在したというはっきりした証拠は残っていないが、〈勝景奇覧〉という団扇絵《うちわえ》のシリーズに、〈甲州湯村〉という絵がある。それには、湯小屋や旅人などが描かれ、いかにも見て描いたような図柄になっている。

また、富嶽三十六景にも甲州の絵は多い。これだけ描いているのは、やはりじっさい訪ねたことがあるゆえの、親近感もあるのだろう。

宿は、ホテルになっていて、月村は堀井と二人部屋になった。川井綾乃は一人部屋を取ると言ったが、堀井と打ち合わせがあるからと、二人部屋にしてもらったのである。積極的な綾乃のことだから、夜、訪ねて来るかもしれない。あんな可愛い子と二人きりになったときのことを考えると、月村も自信がなくなる。

温泉は大好きである。女性と違って、いくら堪能しても責任問題になったり、こじれたりすることはない。

なので、ホテルに着くとすぐ、食事まで二十分しかなかったが、さっそくサッと温泉に入りに行った。

メインの湯舟はそれほど広くはないが、石造りでさっぱりした清潔感がある。ほかにも露天風呂などがあるらしい。

表示には、ナトリウム・カルシウム塩化物泉とあったが、かすかに硫黄《いおう》臭がある。見た目は無色透明である。無味で、飲料もできるとある。

源泉かけ流しである。

温泉はやっぱり源泉かけ流しだろう。

わざわざ温泉に来て、循環式の塩素臭い湯だったりすると、がっかりしてしまう。

源泉の温度は四十五・八度だそうで、それをかけ流しているからけっこう熱い。

月村の好みは、三十八度くらいのぬるい温泉で、景色が見える露天風呂になっていて、これにゆったりと一時間くらい浸かっていると、

「日日平安。世はすべてこともなし」

といった気分になってくる。

まあ、熱めなら、適当に湯から出て、身体が冷めるのを待って、また入るだけだから、嫌だというほどではない。

このときは時間もないので、五分くらいで上がった。

さらに、夕食を終え、九時ごろにまた温泉に入りに行った。

堀井もいっしょだったが、せっかちだから十五分くらいで出てしまい、月村はそのまま一人で入っていた。温泉に来て、十五分で出るやつの気が知れない。

　三十分くらいして、内風呂から露天風呂に移った。ほかに客はいない。

すぐに熱くなって、湯舟を出て、暗がりにある石のところに腰をかけた。

男が二人、入って来た。声がした。

「まあ、仕方がないさ」

「そう言ってくれると思ったよ」

「これも導かれたことかもしれないし」

「そうだよ」

そこまで言ったあと、暗がりに月村がいるのに気がついたらしく、話を止《や》め、内風呂のほうにもどってしまった。

一人はたぶん、国交省の前川だった。仕方がないと言ったほうである。

もう一人は、丸山隼人ではなかったか。

——ヤンキースの帽子をかぶっていないと見分けが難しいな……。

誰なのか確かめようと、適当に間を置き、内風呂のほうに行ってみた。

だが、国交省の前川が一人で湯に浸かっていて、もう一人はすでに出てしまったらしく確かめることはできなかった。

10

部屋にもどってテレビをつけると、十一時からの夜のニュースをやっていた。地方局のニュースである。堀井は寝酒の途中で寝入ってしまったらしい。枕元に飲みかけのウイスキーがある。

――え？

なにげなく聞いたニュースにギョッとした。

「今日の夕方、富士山五合目の近くで、人の遺体が見つかりました」

女子アナはそう言った。

数時間前までいた五合目のあたりが映っている。パトカーが数台、来ていて、警察官が通行止めの柵を置いていた。

「見つかったのは、国道からは外れた御中道《おちゅうどう》と呼ばれる散策路で、倒れていた傍《そば》には、ラグビーボール大の石が落ちていたそうです。この道では、きわめてまれにですが落石事故もあるというので、事故死が疑われています。ただ、身元がわかるものをなにも持っていないのは不自然で、いちおう事故と殺人の両方で調べを進めるとのことです」

ニュースが伝えたのはそれだけだった。遺体がヤンキースの帽子をかぶっていたかどうかはわからない。

――遺体は、丸山隼人ではないか？

月村は咄嗟《とっさ》にそう思った。

——どうしよう？

騒ぎ立てる気はないが、なにもしないではいられない。

考えていたら、ちょうど夕湖から電話がきた。

「チェットの餌なんだけど、コンビニで買ってきたやつを食べないんだよ」

暢気なことを言った。

「ああ。ときどきふてくされるんだ。大丈夫。そのうち食べるから。それより、気になることがあってさ」

「なに？」

「そっちのニュースじゃやってないかな。富士山で死体が見つかったってやつ」

「ああ、ちらっとやってたね」

「山梨県警だろうけど、もしかしたら近田流星と関係あるかもしれないよ」

「えっ、そうなの」

これまでのことを、ざっと話した。

「ほんとだ。なんか関わりがありそうだね」

「あのあたりで人が死ぬような落石事故はそうそうないと思うよ」

「そうなんだ」

「とりあえず、いまいるやつが、本物の丸山隼人かどうか、ツアーコンダクターに確かめてもらうよ。また電話する」

そう言って、一度、電話を切った。

川井綾乃は寝てしまっただろうか。だが、明日は九時半チェックアウトの予定だから、まだのんびりしている気もする。

電話をすると、

「あら、月村さん」

嬉しそうに言った。

「こんな遅くに悪いんだけど」

「平気です。いま、下のバーで、松下剣之助さんに無理やり付き合わされているとこなんです。十一時までの約束だから、もう切り上げます」

当人の前で無理やりと言えるところが、二人の関係を表わしている。

「ちょっと相談しなきゃならないことができたので、下に行くよ」

そう言って、月村は下へ降りた。

「やあ、月村くん。いっしょに飲もう。ごちそうするよ」

松下剣之助はすでにでき上がった顔をしている。テーブルには、食べきれないくらいの酒のツマミが取ってあった。

「もう終わりですよ、剣之助さん。おやすみなさい」

「はいはい。綾乃ちゃん。例の話、考えといてね」

「あと三十年経ったらね」

綾乃は軽くあしらった。

松下剣之助は、しつこくせずにバーから出て行った。それだから、少なくとも嫌がられてはいないのだろう。

「どうかしたんですか?」

「うん。じつは……」

ニュースの件を伝えた。

「じゃあ、やはり入れ替わっていたんですか?」

「だったら、大変なことだよな」

「確かめましょう」

川井綾乃は、ショルダーバッグから名簿を出し、丸山隼人に電話をした。

ベルが鳴っている。

「もしもし」

「はい」

「丸山さんですか？」

「そうですけど」

そういう声も聞こえた。慌てたようすはない。

——え？

月村は混乱した。

「ツアーコンダクターの川井ですが、フロントのところにカード忘れたりしてませんか？　もしかしたら、野球帽をかぶっていた人かもしれないというので」

さすがに機転が利く。これなら向こうも不審には思わない。

「なんのカード？」

「セブン-イレブンの」

「おれのないじゃないよ。それにフロントのところには行ってないし」

「失礼しました」

電話を切り、

「聞こえてました？」

「うん」

「このホテルにいるみたいでしたね」

「いるね」

どういうことだ？　では、五合目の死体はたまたまなのか。

「前川って人がいるよね。スーツっぽい服装をした人」

「ええ。前川翼《つばさ》さん」

「アロハシャツの人は？」

「えと、野原冬馬《のはらとうま》さん。その人たちもなにかあるんですか？」

不安そうな顔で訊いた。

「いや、まだわからない。もしかしたら、知り合い同士かも」

「え？　そんなことなにも言ってませんでしたよ」

「うん」

「どうしましょう？」

川井綾乃は訊いた。

「いまはどうしようもない。明日以降の成り行き次第かな」

「わかりました」

月村は部屋にもどり、夕湖に電話をした。

「丸山隼人は本物みたいだった」

「そうなんだね」

「でも、それまで乗っていたのが贋者《にせもの》のほうで、贋者が五合目で本物に殺されたのかもしれないぞ」

「山梨県警の発表待ちだね」

「そうだな」

五合目に駐在所とか交番は見当たらなかった。

「明日はどこにいるの？」

「長野市の近くの小布施《おぶせ》ってところだよ。半日、ここらを観光し、諏訪湖《すわこ》のサービスエリアに立ち寄ってから、北斎のお墓がある浅草の誓教寺で解散だよ」

「あたし、そっちに行ってもいい？」

夕湖が予期してなかったことを言った。

「捜査で？」

「そんな大っぴらな捜査じゃないけど、月村くんが怪しいと睨んだやつの顔くらい見ておきたいよ」

「でも、ほんとに気のせいかもしれないよ」

「どうせこっちの近田流星の件も、完全に行き詰まってるんだよ。それで、あたしが近田流星がツアーに行きたがってなかったことを言ったら、そんな話、誰に聞いたとか、妙な雰囲気になって困ったよ。桑木周作が伝えた件は、いちおう上司に話してあったみたいだけど、その上司は忘れていた感じだね」

「なるほど」

「あたしも重大な手がかりだと思うよ。その件では、やっぱり桑木画伯に直接訊いておきたいしね」

「上司が許す？」

「明日は、この前の日曜に出勤したから、代理休暇が取れると思う」

「でも、座席が埋まってるから、バスには乗れないぜ」

「車で追いかけて、怪しいやつを確かめるくらいはできるでしょ」

「ほんとに来るの？　夕方には東京にもどるよ」

「うん。朝、チェットに餌をあげたら、新幹線で長野まで行って、レンタカー借りるよ」

「わかった。待ってるよ」

月村も電話を切ったあと、そのほうがいいような気がした。

第四章　巨匠の最期

1

小布施は、長野県長野市の北東にある小さな町である。

この信州の小さな町を晩年の葛飾北斎がたびたび訪れた。八十三歳から九十歳のあいだに、四度に及んだという。

ただ、回数については諸説あって、最低でも二回、多くて四回といったところらしい。来たことだけは間違いない。

八十過ぎての長旅は、さぞかし難儀だっただろう。旅の理由は、ここに北斎の晩年の後援者だった高井《たかい》鴻山《こうざん》という人がいたからである。

小布施の豪農商である。北斎よりは四十幾つ年下で、若いころ江戸にいて、北斎の弟子になっていた。

北斎はここ小布施に、長いときは一年近く滞在して、数多くの絵を描いた。そのなかには、巨大な天井画が何枚もある。

いまや、北斎ファンならぜひとも訪れたい聖地になった。

もちろん町も観光資源にしている。

月村たちのツアーバスは、まずは岩松院《がんしょういん》というお寺を訪れた。

裏は山になっていて、なにも知らなければ、田舎のどこにでもあるのんびりしたお寺といった趣きである。

ところが一歩、本堂に入って天井を見れば、北斎が描いた八方睨み鳳凰《ほうおう》の絵に圧倒されてしまう。朱色や藍色《あいいろ》が鮮やかだが、修復などされておらず、北斎が塗ったときのままというから、感激せずにいられない。

じっさい描いたのは北斎ではないのでは？　という疑念もあり、ずいぶん検証がなされたが、いまは北斎筆で間違いないとされた。

北斎にしては、なんとなく大まかな感じもするが、天井の巨大な絵なのだから、これくらい大まかなほうが、迫力も感じられるのだろう。

月村はここで、ちょっとした解説をした。

「北斎をここに招いた高井鴻山は、北斎のことを詩に書いているのですが、その北斎の姿というか、生き方というのが、じつにカッコいいんです。それは、現代語に訳すと、こんなふうです。

来るときも招いたわけではない。
去るときも別れを告げない。
行くのも来るのも自分の意思次第で、
他人の拘束は受けない。
自在の変化を手中にして、
心の欲するところに、
生者や死者が現われ、
鳥獣が群がる。
画道はすでに抜きんでているから、
富貴も座して待てるのに、
七度は浮かび、八度は沈む。
なぜに貧窮の身となるか。
あなたは見るのだ、冷たい冬を迎える者が、またよく盛りの夏を迎える者であることを。

冷たい冬も盛りの夏も、自ら選んで世間にかかわらない。

先生のおおらかさは計り知れぬほどで、
人の熱意ではなく、われのためだけに、われのことをする……。

まだつづくのですが、だいたいこんな感じです。

俗にまみれず、自由で、颯爽《さっそう》としている。ほんとにカッコいい。こんな老人は、いまだってなかなかいないでしょう。

今日は、その北斎の小布施での足取りをたっぷり味わってください」

北斎ファンというのがにじみ出た挨拶になってしまった。

ちなみにこの寺は、俳人の小林一茶もよく訪れていたそうで、有名な、

「痩《や》せ蛙《がえる》負けるな一茶これにあり」

という句は、ここで詠んだそうだ。

その蛙がいたという小さな池があり、傍らに句碑もつくられていた。

岩松院を出るとふたたびバスに乗り、同じ小布施にある北斎館にやって来た。

北斎館がある近所には、高井鴻山記念館もある。

この二つのほかにも、北斎にまつわるお土産物屋や名物の栗菓子《くりがし》を売るお菓子屋など、一大観光スポットになっている。

今回のツアーでも、ここは途中、三十分の食事の時間を挟んで、一時半までフリータイムということにしてある。北斎ワールドをたっぷり味わうことができる。月村も、殺人事件だの嫌なことは忘れて、晩年の北斎の心境に迫りたい。

月村は、ここは二度目である。

じつは、前に来たときは北斎館よりも、この近くにある日本のあかり博物館を見るためにやって来たのだった。江戸時代の旅のときの明かりについて、知りたいことが溜《た》まっていたからである。

もちろん、北斎が来た町であることは知っていたし、展覧会や画集では何度も見ていた波の絵などもじっくり鑑賞した。

だが、今回は生誕の地から風景画の現地を辿《たど》って来て、小布施に来たのだから、気持ちの持ちようも違う。

まずは、北斎館に入り、屋台の天井に描いた四枚の絵のところに向かった。美術館や博物館では、最初にいちばん見たいもののところに向かう。それをじっくり見て、あとは時間次第である。

鳳凰図、龍《りゅう》図、男波図、女波図の四枚である。

「やっぱり、北斎は凄《すご》い」

思わずつぶやいた。

この波の絵は、宇宙に近づいている。

量子力学では、光というのは粒子であると同時に波なのだが、その波を想起してしまう。根源的で、すべてを飲みつくす波。

北斎のなかには、明らかに宇宙があった。

目に見えるものだけではない、なにかこの世の本質に迫りたいというような、無意識の欲求があった。

そうとしか思えない。

仕事のことも五合目の死体のことも忘れ、月村は北斎の波の絵に見入った。

2

そのころ――。
上田夕湖は北陸新幹線の座席に座っていた。朝早く、八丁堀の月村の家を出たので、もうまもなく長野に着く。月村の家からだと、タクシーを拾えば三分で東京駅に着く。ほんとに便利である。

長野駅前でレンタカーを借りることにして、すでに予約も入れた。マツダの真っ赤なセダンしかないというので、かまわないと返事をした。

昨夜、吉行にメールを入れて、今朝、改めて休暇の許可をもらった。

さらに、

「もしかしたら、近田流星の件が進展するかもしれません」

とも伝えた。

「なんで？」

吉行は眠そうな声で訊《き》いた。赤ちゃんの泣き声も聞こえている。最近生まれた五人目の子どもだろう。夕湖は、まだお祝いを贈っていないと、ちらっと思った。

「昨日、富士山の五合目で死体が見つかってるんです。山梨県警のほうで、事故死として処理されるかもしれませんが」

「それが関係あるのか？」

「じつは……」

と、バスツアーのことを話した。

死んだ男は、バスツアーでヤンキースの帽子をかぶった男と入れ替わったかもしれないと。

「ははあ、それに名探偵が乗り込んでいるわけだな。それで、お前は休暇を取ってなにかしようというのか？　勤務外ではなにもできないぞ」

「わかってます。でも、気になるんです。バスには乗りませんが、近くで見張ろうと思いまして」

「よし。経過を見よう。もしも犯人につながるようだったら、経費は出してやる。出張扱いだ」

「ありがとうございます」

　ということになった。

　犯人につながるようだったらというところはせこいが、それは公費の節約で仕方がないだろう。

　たとえいっしょのバスでなくても、月村と旅行しているみたいで、そっちはそっちで夕湖は嬉《うれ》しい。

　数日前に実家にもどったとき、やっぱり母親から見合いのことを言われた。

「お父さんもいいんじゃないかって」と、プレッシャーを強くしてきた。もちろん、それどころじゃないと断わったが、なんとなく胸の奥に魚の小骨が突き刺さったみたいな感じがあるのはなぜなのだろう。

スマホにラインのメールが入った。大学の友人同士のラインで、中央区役所に勤めている岡田薫子《おかだかおるこ》からだった。

「婚活アプリはやばいよ。理想の男って、ほんとにいるかもしれない」

と、あった。

「え？　じっさいに会ったの？」

と、夕湖は訊いた。

「わかんない。迷ってる。でも、ビッグデータはやっぱり凄いよ。いままでは行動範囲のなかでしか出会えなかった人とも、いろいろやりとりできるんだから」

岡田薫子の言葉に、ほかの友人たちから、

「そうだよね」

「あたしも婚活アプリやってみようかな」

といった感想が出てきた。

ビッグデータの凄さは、夕湖も日々実感している。捜査に応用されて、迷宮入りしそうだった過去の事件もつぎつぎに解決しつつある。このまま個人データまで蓄積されていけば、犯罪が起きる寸前に、警察が察知して駆けつけるなんてことも、ＳＦの世界ではなくなるかもしれない。

とはいえ、夕湖はやっぱり偶然を信じたい。幼なじみと偶然めぐり逢《あ》った。月村と夕湖である。偶然だから、そこになにかがあるような気もする。データの積み重ねによる選択なんて、やっぱり面白くない。

そう思ったとき、長野に到着した。

3

月村が男波図に見入っていると、いつの間にかそばに来ていた男が、

「なんだろうな、このエネルギーは」

と、ひとりごとみたいに言った。

ヤンキースの帽子をかぶっている。丸山隼人だった。もちろん、月村をツアーの解説者だと知っていて話しかけてきたのだ。

「まったくですね」

月村も素直にうなずいた。

「神奈川沖の波よりさらに激しくなってるぜ」

「確かに」

「これが九十近い爺さんの絵かな」

「侘《わ》び寂《さ》びの世界とはついに無縁でしたからね」

「おれには宇宙にしか思えないんだよな」

「宇宙でしょう」

同感である。男波と女波があるのも、大きなものを描こうと意図したからだと思う。

「そう思うの？」

「ええ。だいたい北斎は若いときから宇宙に興味があったはずなんです」

「そうなの？　ああ、司天台《してんだい》の絵を描いたからか？」

「いや。あれは〈富嶽百景〉に描かれたやつだから、三十六景のあとでしょう」

それは〈鳥越《とりごえ》の不二《ふじ》〉と題された絵で、浅草鳥越にあった幕府の司天台、いまの天文台から見た富士山が描かれている。その絵のなかには、宇宙を観測する機器もあった。

「その前から？」

「幼なじみで民間の天文学者だった朝野北水という人がいましてね。その人からぜったい聞いていたはずなんですよ、宇宙の話をね」

「それは知らなかったな」

「北斎の研究者は、皆、美学関係の人だから、そっちはあまり突っ込まないんですよ」

「面白いね」

「ええ」

「北斗七星を拝んだのには、そういう宇宙の知識があったんだ。なるほどなあ、そうだったのかあ」

ずいぶん感激している。

「北斎に、かなり思い入れがあるみたいですね」

と、月村は訊いた。

「まあね」

「仕事が関係してるんですか？」

「いやあ、まったく関係ない仕事だよ」

月村は、どうしようか迷ったが、

「じつは、このツアーに、デザイナーの近田流星が参加するはずだったんですよ」

と、言った。

引っかけである。じつは、自分という人間は、自分で思っている以上に意地が悪いのではないか。

「……」

丸山隼人の表情が急に硬くなったように見えた。動揺したのかもしれない。

「北斎の影響を受けていたんですかね」

「どうかな」

「近田流星はご存じですよね？」

「いや、知らないな」

丸山隼人は、そっぽを向き、月村から離れて行った。

明らかに動揺をごまかすような態度だった。

月村は、丸山の後ろ姿を見ながら、ふと思った。

——まさか北斎教みたいなものがあるのだろうか……。

北斎を神さまにして拝むような。それには画家やデザイナーなどが帰依していたりする?

——そんな馬鹿な。

月村は、北斎は天才だが神さまにはならない気がした。

4

丸山隼人がいなくなると、桑木沙織がこっちにやって来た。桑木画伯や堀井次郎の姿はない。

「桑木先生は?」

「どうしてもコーヒーが飲みたいって言い出して、堀井さんを連れて向こうのカフェに行ったみたいです」

「そうですか」

「もう、ずうっとあの調子ですから」

沙織は、外国人がやるように肩をすくめた。

「北斎だって、あんな感じだったかもしれませんよ」

「でも、北斎は奥さんは二人だけでしょう?」

「ええ」

「うちの父は、結婚を五回してますからね。しかも、結婚しているあいだも、浮気ばっかりですよ」

「もてるんですよ、先生は」

いかにも芸術家ふうの魅力がある。しかも、自信満々で、じっさい絵の値段も相当なものだろうから、お金もたっぷりあるはずである。

「もてたいなら、結婚なんかしなきゃいいのに」

「そうですね」

たしかにそうである。独身でもてている分には、おおむね許される。

「ところが父は、誰か女が面倒を見てないと駄目なんです。乳母だのに育てられたわけでもないのに、なんなんですかね。でも、あんなワガママがそうそういつまでも通用するわけないじゃないですか」

「ええ」

「すると、女のほうも愛想を尽かしますよね。おなじみの喧嘩《けんか》が始まって、ごっそり慰謝料を払って離婚の繰り返しです」

「なるほど」

「うちの母なんか、ずいぶん尽くしたと思いますよ。やさしい性格の人なんですから。それでも、父のワガママにはついていけなかったって。今度、あたしが父の面倒を見ると言ったら、それだけはやめときなさいって本気で忠告されました。ぜったいボロボロになるからって」

「そうなんですか」

「でも、手元にある絵の管理をまかせられるのはお前だけだって。息子たちは、まったく信用できないんですって」

「へえ」

そこらのことはよくわからない。

北斎も、息子や男の孫のことではずいぶん苦労もあったらしい。稼いでいるのに貧乏だったのは、孫の不行跡《ふぎょうせき》のせいだったという説もある。

「ま、父は仕事量だけはピカソにも負けないくらいですから、まだ手元に膨大な作品があるので、それらを世のなかの役に立たせることもできるかもしれませんしね」

「なるほど」

この人の考え方には、どこか日本人離れしたところがある。

髪が少し茶色っぽいのは、染めているのか、それともナチュラルなのか。最近、クォーターの人なども増えていて、純粋な日本人だと思っていたら、お婆《ばあ》ちゃんがフランス人だったとか言われたりするのでわからないのだ。

ファッションは、ぴったりしたジーンズに、ヒールのない青色のパンプス。白いシャツのうえには、柔らかそうな黒い上着を羽織っている。月村は、ブランドの名前などまったく知らないが、大きめの水色のバッグをかけている。マロニエの木の下が似合いそうだから、やっぱりフランスふうのお洒落《しゃれ》なのか。でも、芸術家ふうではない。しっかりキャリアウーマンふう。

歳《とし》はいくつくらいなのか。月村よりは、少し年上の気がするが、それは気後れしているせいかもしれない。

「ところで、お栄さんて、北斎が死んだあとはどうしていたんですか？」

「それがまったくわからないんです」

「まったく？」

「ええ。素晴らしい絵の才能があったのに、絵を描くこともやめたみたいだし。忽然《こつぜん》と消えたって感じですね」

それは不思議なほどである。

金沢に行ったという話もあるが、それが加賀の金沢なのか、三浦半島の金沢なのかもわかっていない。

「わかる気がする」

と、沙織は言った。

「そうですか」

「疲れたのよ、お栄さん。それで、なあんにもしたくなくなったのよ」

「なるほど」

「あたしも……」

それ以上は言わなかった。

5

それから月村は、北斎が小布施で描いた直筆画などをざっと見て、北斎館を出ると、高井鴻山記念館にやって来た。

ここは、高井鴻山の屋敷跡につくられたもので、元の建物は火事で焼けたりしたが、鴻山の書斎や、北斎のために建てたという小さな離れは、当時のままに残っている。

まるで茶室みたいな小さな離れだが、ここにあの北斎がいたのだと思うと、感慨ひとしおである。

ただ、岩松院の解説のときには言わなかったが、北斎のような飛びぬけた人物、ケタ外れの自由人と付き合うことは、一般人には危険も伴う気がする。つまり、その影響で日常からはみ出してしまい、道を誤るということもあり得るのではないか。

北斎のような暮らしは、北斎のような才能があってこそ、なし得る暮らしでもある。

じっさい、高井鴻山は家業にはほとんど熱を入れず、当時の文化人と付き合ったり、絵を描くことに熱中したりして、やがては没落とまではいかないまでも、かなり家を傾かせてしまった。

そんなことを思いながら離れを見ていたら、

「いい感じの建物だね」

いきなり横から話しかけられた。

「おう、夕湖ちゃん」

「早かったでしょ」

「うん。てっきり午後になるかと思ってたよ」

「わざとメールしなかったのよ」

夕湖はサングラスとマスクをしている。

黒いジャケットに、ベージュのパンツ姿である。出勤するときよりは、ラフであり、お洒落である。よく似合ってもいる。

「凄い恰好《かっこう》だね」

「殺し屋みたい？」

「いや、女優みたい」

「褒め過ぎだね」

「少なくとも夕湖ちゃんとはわからないよ」

「だって、堀井さんとかもいるんでしょ」

「うん」

堀井は今日もべったり桑木画伯にくっついている。さっき、北斎館に入るところだったから、まだ向こうにいるのではないか。

「警視庁の刑事が来てるとか騒がれたらまずいよ」

「まったくだ」

「やりとりは、基本、メールでね」

「わかった。とりあえず、怪しい四人の顔を教えるよ。少し離れてあとをついて来てよ」

そう言って、月村は歩き出した。

通りに出て来ると、児玉翔一が菓子屋の前にぼんやり立っている。児玉もサングラスをしていて、ああやっていると、やり手の実業家には見えない。ほとんど、田舎の観光地の不良といった趣きである。

「そこに立ってるのが、児玉翔一だよ」

と、メールした。

「ああ、テレビで見るのと、感じが違うね」

と、返事が来た。

通りの向こうにジェラートを売る店があり、その前の椅子《いす》にヤンキースの帽子をかぶった丸山隼人がいた。栗色のジェラートを舐《な》めている。

「ジェラート食べてるヤンキースの帽子、丸山隼人。五合目で死んだ男と、入れ替わった気がするのは、あいつ」

「人を殺した次の日でも、ジェラートをうまそうに舐められるんだね」

「それはまだ確実じゃないけどね」

メールのやりとりは、ちょっとじれったい。

反対側の陣屋跡につづく細道から、スーツをラフに着こなした男がやって来た。背が高く、歩き方も毅然《きぜん》としている。こうしてみると、いかにも高級官僚っぽい。

「向こうから来る薄茶のスーツ、あれが国交省の前川翼」

「国交省かあ。国交省ってなんか地味な感じじするけど、かつての運輸省、建設省、国土庁、北海道開発庁を統合した省で、ものすごく力あるんだよね」

「そうらしいね」

月村も交通の歴史を学んだので、ある程度は知っている。

「あたしの友だちでいちばん賢かった子が、国交省に行った。ラインの仲間。前川翼のこと、訊いてみるね」

そのとき、アロハシャツの男が左からやって来ると、立ち止まり、なにか話している。なにげない立ち話のようだが、表情は深刻そうである。ちらりと、ジェラートを食べている丸山隼人のほうを見た。

丸山もそれに気づき、じっと二人を見ている。

「あのアロハシャツが野原冬馬」

「ほんとだ。言われてみると、仲間同士、少なくとも知り合い同士って感じだね」

「だろ」

そのとき、旗を持った川井綾乃が現われ、月村に、

「月村さん、ランチですよ」

と、声をかけた。

6

昼食の時間になり、皆、ぞろぞろとそば屋に入って行った。

夕湖もお腹が空いてきたし、信州そばを食べたいので、もう一軒の別のそば屋に入った。すると、そこも団体客であふれていたが、どうにか隅の席に相席で座ることができた。

天ざるを頼み、ちょうど食べ始めたところに、吉行からメールが入った。

「五合目の遺体の身元がわかった。しかも、殺人と断定した。手が空いてるなら、

電話くれ」

とある。

急いで、天ぷらと、そばを食べ、なんだか食べた気がしないよなあとつぶやきながら、外に出て電話をした。

「山梨県警に訊いたんですか？」

「ああ。おれも気になってきたのでな」

「なんでわかったんですかね？」

「レアな腕時計をしていたんだと。製造番号で、買った人もわかったそうだ」

「ヤンキースの帽子は？」

「ああ。死んだときもかぶっていたそうだ」

「それで、どういう人でした？」

「名前は、斉藤恭介《さいとうきょうすけ》」

「斉藤恭介」

と、メモを取る。

「日本エレクトリック社の社員だ。しかも三十歳の若さで、すでに管理職についているらしいぜ」

「へえ」

「三日間、休暇は取っていたらしい。だが、なんで富士山になんか行ったのか、同僚も妻もわからないそうだ」

「三日間ですか」

あのツアーを予定していたのか。

「妻が身元確認のため、管轄で遺体を安置している富士吉田署へ向かったそうだ」

「それで、殺人なんですよね？」

「ああ。検視の結果、石の傷が二回、加えられていたらしい。落石で二回はあり得ないだろう」

「そうですね」

「山梨県警とは話をしたからな。ツアーで入れ替わったかもしれないと言っている人がいるってことは」

「言ったんですか」

「それと、連続殺人かもしれないと」

「それも……」

もうちょっと待ってもよかったかもしれない。

「つながりは明らかではないけどな」

「近田流星は、日本エレクトリック社の次世代スマホのキャンペーンの仕事をやってましたよ」

「そうなのか」

「つながりますね？」

「よし。お前も捜査ということで切り替えてくれるか」

「わかりました」

「刑事が二人で、お前に会いに向かうそうだ」

「はい」

「それと、山梨県警の許可を得て、斉藤恭介の同僚の話を聞くのに、結城と大滝が向かっている」

「結果、報《しら》せてください」

そう言って、電話を切った。

いよいよ捜査が動き出したらしい。

電話のあいだに、国交省の友だちからメールが来ていた。天ざるが来るまでに問い合わせておいたのだ。

「前川翼って、切れ者で有名な人だよ。政策局にいて、まだ三十歳なのに課長になってる。大学は東大じゃなくて慶応。でも、レッツゴー・キャンペーンの立役者ということで、省内では有名だし、リニアの件でも暗躍してるって噂《うわさ》の人だよ。夕湖、まさか、前川氏とお見合い？」

「バカ言ってんじゃない。仕事」

と、返事をした。

だが、この件に関わっている人は皆、共通点がある。歳は三十。そして、皆、超エリートだ。

7

すぐに山梨県警の緒方《おがた》という名の刑事から電話があり、まもなく着くので、近くの酒蔵の前で待つようにと言われた。もう顔を隠す必要もないだろうから、サングラスもマスクも外すことにした。

五分ほどして、軽自動車が止まり、私服の刑事二人が降りて来た。

この人たちも漫才をやる人たちに見える。最近、男が二人でいると、どうも漫才師に見えてしまうのはなぜだろう。

ツッコミに見えるほうが、

「山梨県警の緒方です」

と、名刺を出して名乗り、ボケに見えるほうが、

「富士吉田署の塚原《つかはら》です」

と、敬礼した。

「警視庁捜査一課の上田です」

「お一人ですか？」

緒方は意外そうに訊いた。

「急遽《きゅうきょ》動くことになったもので」

「そうですか。お話ですと、五合目で殺された斉藤恭介は、バスツアーの途中で入れ替わったんだと？」

「ええ。確実ではないのですが、同じ帽子をかぶっていた別人と入れ替わったみたいだという証言がありまして」

「誰がそんなことを？」

「ちょっと、いまはまだ伏せておきたいのですが、わたしの知人です」

「そうですか。じゃあ、尋問はおまかせしましょうか」

「わかりました」

ちょうど昼食を終えて出て来た丸山を捕まえた。その何人か後ろに、編集者の堀井がいて、「あ」という顔をした。

「ちょっとすみません」

丸山の腕を取り、道の端へ導いた。

刑事二人は、夕湖の両わきにいる。一人は、丸山の背後に回って欲しかった。

「なんですか？」

「丸山隼人さん？」

「はい」

「警視庁捜査一課の上田と言います」

と、警察手帳をかざし、

「じつは、昨日の夕方、富士山の五合目で、斉藤恭介という人が石で頭を殴られ、亡くなっていましてね。あなたと同じヤンキースの帽子をかぶってました。どうも、殺されたみたいなんですよ」

「それで？」

帽子をかぶったまま俯《うつむ》きがちにしているので、表情の変化はよくわからない。

「その現場近くにおられましたよね？」

「ええ」

「同じヤンキースの帽子をかぶった人が、ヤマト・ツーリストのツアーバスに乗り込んだという証言があったんです」

月村をかばって、ツアー客以外の証言みたいな言い方をした。

「ヤンキースの帽子をかぶってる男なんか、そこらじゅうにいますよ。野球帽の定番ですから」

見れば、白いTシャツにジーンズと、たしかにどこにでもいる恰好である。

「入れ替わったということはないですよね？」

「誰と？」

「殺された斉藤恭介と」

「なんで入れ替わらなくちゃならないんですか？」

「斉藤恭介は、ご存じですよね？」

「知りませんよ」

「ご名刺、お持ちですか？」

この調子だと時間がかかるだろう。再度、会うことになるはずである。

「わたしの？」

「ええ」

丸山は、ポーチから名刺を取り出し、夕湖に手渡した。

「衆議院議員　洲之内丈一郎《すのうちじょういちろう》　第一秘書　丸山隼人」

一目見て、ちょっと面倒臭い人かもしれないと思い、わきにいた山梨県警の緒方にも見せた。

「ほう、洲之内先生の秘書さんですか」

緒方は驚いて言った。

「そうなんですよ」

洲之内丈一郎は、テレビにもしょっちゅう出ている人気の政治家である。

「第一秘書？」

「はい。東大の先輩でしてね、学生のときからお世話になってるんですよ。もう十年くらいになります」

洲之内は保守党の政治家だが、評判は悪くないどころか、間違いなく次代の総理候補の一人とされている。まだ若い。四十にもあと二、三年あるはずである。

だが、厚労大臣で抜群の働きをし、この前の内閣改造では財務大臣の地位を得た。

それもうまくこなしている。スキャンダルなども聞いたことはない。

夕湖は一瞬、選挙区が長野だったかと思ったが、東京だったことを思い出した。

丸山隼人は、見た目三十前後である。それでも第一秘書を務めているということは、よほど優秀な人物に違いない。

「そうでしたか」

山梨の刑事たちは明らかに臆《おく》している。

「失礼ですが、丸山さんはお幾つですか？」

と、夕湖は訊いた。

「三十ですが」

丸山も三十。しかも超エリート。

「繰り返しますが、斉藤恭介はまったくご存じない？」

「ええ。なにをされてた人です？」

「日本エレクトリック社に勤めてました。そこでご縁は？」

「それは日本を代表する企業ですから、洲之内のほうではなにかしらの関係はあるかもしれませんが、ぼくが直接関わったことはありません」

「そうですか。ちなみに、近田流星さんとは？」

「何日か前に亡くなった人ですよね。デザイナーの？」

「そうです。ご面識は？」

「ありません」

きっぱり否定した。

夕湖は緒方を見た。困った顔をしている。

これ以上突っ込める材料はない。

「とりあえず、これで。失礼いたしました」

と、夕湖は頭を下げた。

8

丸山隼人が去って行くと、川井綾乃がやって来た。

たぶん堀井から、ツアー客がなんだか質問されているというようなことを伝えられたのだろう。

夕湖の顔を見て、

「あ、上田さんですよね」

元アイドルらしい笑顔を見せて言った。

「はい」

「なにかあったんですね」

「ちょっとね。バスで、丸山隼人さんの隣の席に座っている人はどの人です？」

「ちょっと待ってください」

と、名簿を確かめ、

「小川良美《おがわよしみ》さん。あ、あの人です」

近くの土産物屋で買い物をしている小柄な女性を指差した。おとなしそうな、四十くらいの人である。

夕湖は、どうしようか迷った。いま、下手なことを訊くと、怖がるかもしれない。途中で入れ替わったなんて話は、やはり気味が悪い。これからもいっしょのバスで東京まで帰らなければならないのだ。

「わかりました」

東京に着いてから訊くことにした。

そのかわり、月村の疑念を突っ込んでみたくなって、山梨県警と富士吉田署の刑事たちに、

「もうちょっと訊いておきたいのですが、ごいっしょしていただけますか？」

と、訊いた。男性刑事がわきにいてくれたほうがいい。

「ああ、いいですよ」

二人は承諾したが、なんのためかはわからないという顔である。

月村が名前をあげていた児玉翔一を見つけ、近づいて、

「すみません。警視庁の上田と言います。ちょっと伺いたいのですが、近田流星さんはご存じですよね？」

「え？」

怯《おび》えた顔になった。訊かれたのが意外だったのだろう。

「児玉翔一さんですよね？」

「あ、はい、仕事の付き合いはありました。ただ、直接関わっていたのは、うちの宣伝広報の連中ですので、ぼくは若干の面識があったくらいですよ」

「亡くなりましたね」

「ええ、驚きました」

「あの晩はどこに？」

「ぼくは自宅にいましたよ。なんで、そんなことを？」

夕湖はその問いに答えず、

「今回のこのバスツアーに、お知り合いは参加してますか？」

「いいえ、あっ、知り合いじゃないですが、抽象画の桑木周作さんですよね。あの人のことは知ってますよ。会社でも、一枚、買ってあったかもしれません」

「斉藤恭介さんはご存じですよね？」

「斉藤恭介？　誰ですか、それ？」

「昨日、富士山の五合目で殺された人です」

「いや、知りません」

「ありがとうございました」

児玉翔一は逃げるようにいなくなった。

「いまの、テレビに出て来る男でしたな？」

山梨県警の緒方が訊いた。

「ええ。実業家ですよ。女優と浮名を流して有名になった」

「ああ、あの人でしたか」

緒方は、いいものを見たという顔でうなずいた。

ちょっと離れたあたりで、月村がこっちを見ているのもわかった。

じっと尋問のようすを見ていたので、あとでなにか感想を聞けるかもしれない。

丸山隼人は、月村が五合目で別人と入れ替わったと言っていることを知ったら、さぞかし怒ることだろう。帰るまでなにかあったら大変である。

また一人見つけた。夕湖は近づいて、

「すみません。国交省の前川翼さんですよね？」

と、声をかけた。

「なんでぼくが国交省に勤めてるってわかったんですか？」

前川は怪訝《けげん》そうに訊いた。

「それは捜査上の秘密です」

「なんですか？」

「デザイナーの近田流星さんはご存じですよね？」

「名前だけはね。うちのレッツゴー・キャンペーンのデザインをやってもらいましたから。でも、直接はほとんど話したことないですよ」

「亡くなったのはご存じですよね？」

「そうみたいね」

「斉藤恭介さんはご存じですよね？」

「誰ですか？」

「昨日、富士山の五合目で殺された人です」

「なんでそんな人のことをぼくが知ってなくちゃならないんです？」

「いろんな人にお訊きしてるんです」

「知りません」

バスのほうを見ると、客が次々に乗り込みだしている。出発の時間が迫ってきたらしい。いま摑《つか》んでいることだけで、バスの出発を遅らせたりすることはできない。もう一人、アロハシャツを着た野原冬馬という人には声をかけていないが、この人は特別なにか訊くような理由もなかった。

9

咳払《せきばら》いがした。夕湖のわきを、旧知の堀井次郎が通り過ぎるところだった。堀井は、品のいい老人の肘《ひじ》に、軽く手を当てていた。

老人は、テレビや雑誌で見覚えがあった。

「桑木先生ですよね」

と、夕湖は声をかけた。

「はい」

「警視庁捜査一課の上田夕湖と言います」

「警視庁……」

「近田流星さんの死体遺棄事件について調べてまして」

「ほう」

「先生がお会いしたとき、近田流星はこのツアーに来たくないとおっしゃっていたそうですね？」

「そうなんです。そのことを本所警察署には」

「はい。伺ってます」

「そうですか。それで、ここまで。さすがに警視庁ですな」

「じつは、それだけじゃないんです」

「そうなので」

沙織がわきから、

「お父さん、伝えることは伝えたのだから、あまり余計なことは言わないほうが」

と、たしなめるようにした。

「いや、なんでも話していただいたほうが、我々は助かるんです」

夕湖は言った。

「ええ。なんでも訊いてください」

「昨日は、富士山の五合目で、斉藤恭介という人が殺されました。斉藤恭介という人はご存じないですか？」

「いや、知りませんな」

「近田さんの遺体が遺棄された場所は、富士山の絵が描いてある寺の前で、そこは北斎が熱心に拝んでいた妙見菩薩《みょうけんぼさつ》があるところでした」

「そうでしたね」

「近田さんは、そういう宗教のようなものを信仰していたようなのですが、先生はご存じありませんか？」

「そのことは別の人からも訊かれてね、考えているんだけど、思いつかないんだよ。思いついたら、また、お報せします」

「よろしくお願いします」

堀井には、目配せみたいな表情をして、桑木画伯を見送った。

「じゃあ、我々はここで」

と、山梨県警の緒方が言った。

「はい。わざわざありがとうございました」

山梨の刑事たちには失望の色がある。五合目で入れ替わったなどという話は、眉唾《まゆつば》だと思ったのではないか。

「たぶん、東京のほうでも、関連が裏付けられたら、捜査本部を立ち上げると思うんですよ」

「そうですか」

「その際は、連絡を取り合うことになると思いますが」

「わかりました。署長にもそう言っておきます」

夕湖は、二人が乗った軽自動車を見送った。

それから、バスの隣にとめてしまった真っ赤なマツダのセダンに向かったが、バスが出てから乗り込むことにした。

10

帰りは小布施から高速に入った。

月村は、夕湖がレンタカーでついて来ていることを知っているが、堀井や川井綾乃には言っていない。

運転がうまいのは知っているが、なんとなく心配である。

しかも、ときおりついて来てるよと言うように、追い越してみたりするので、苦笑してしまう。また、マツダの赤は目立つのだ。

堀井は疲れが出たのか、ときおりいびきまでかきながら眠っている。川井綾乃も、添乗員だからおおっぴらに眠ったりはできないのだろうが、ほとんど俯きがちになっている。

月村はそれどころではない。

丸山隼人、児玉翔一、前川翼、野原冬馬の四人のようすをさりげなくだが、しょっちゅう盗み見していた。ただ、野原冬馬は、たまたま前川や丸山と話をしただけで、なにも関わりはないのかもしれない。

また、近田流星と斉藤恭介と、丸山たちを、いろんな組み合わせでネット検索を試みたが、お互いの人間関係はまったく摑めない。

バスは更埴《こうしょく》インターのところで、長野自動車道のほうへ入った。上信越自動車道を行ったほうが距離は短いが、富士山を見ながら東京へ向かうほうを選んだのだ。


諏訪湖を見下ろすサービスエリアに入った。

ここでいったん休憩になる。

富嶽三十六景にも〈信州諏訪湖〉の絵があり、諏訪湖の向こうに小さく見える富士山を描いている。

ただ、このサービスエリアは、諏訪湖に向かうと、富士山は背中の方角になる。しかも、山があって富士山は見えない。北斎は諏訪大社があるほうの丘の上からの光景を描いたのだろう。

月村はバスを降りると、ショップがあるほうではなく、反対のほうに進んだ。すぐに夕湖から電話が入った。左右を見ると、左手の十メートルほど離れたところにいた。

「どう、バスのなかのようすは？」

「皆、おとなしくしてるよ」

「わかったこと、教えようか？」

「ああ」

「丸山隼人は、保守党の洲之内丈一郎の第一秘書で、東大出身、歳は三十歳」

「へえ、総理大臣候補の第一秘書かあ」

「前川翼は、慶応出身。国交省政策局の課長。まだ三十歳だよ」

「そりゃあ凄いね」

民間ならともかく、官庁で三十歳の課長は異例ではないか。

「亡くなった斉藤恭介は、埼玉県生まれ、東京工業大学を出て、日本エレクトリック社に入社。この人も三十歳だった」

「皆、三十歳ってのは引っかかるよな」

「うん。でも、大学は別々だよ。超エリートには違いないけど」

「知り合いだとすると、どこで知り合ったんだろうね。高校は？」

「違うと思うよ。近田流星は和歌山県出身だったはずだし、斉藤は埼玉県でしょ。やっぱり、近田流星の仕事でつながったんじゃないの？」

「あとは、宗教のサークルのようなものか、もしかしたらぼくが知らないだけで、エリートが集う会みたいなものがあるのかもしれないね」

「ひがんでる？」

「少しね」

月村は理想は母校の教授だったが、その道からは完全に外れて、一介のフリーの歴史研究家に過ぎない。しかも、奇説に走りがちな怪しい研究家扱いをされている。すなわち、エリートからは遥《はる》かに遠い場所にいる。

「あの、錦糸町のデザイナーがひがんでいたのもわかる気がしてきたな」

夕湖は笑いながら言った。

「野原冬馬って人のことはなにもわからないだろう？」

「わからない。とりあえず、過去の犯罪履歴でも、まったく名前のない人ばかりだよ」

「そうかあ」

難しい事件になりそうだった。

電話を切って、ぼんやり諏訪湖を眺めていると、

「名探偵」

桑木画伯が来ていた。娘の沙織も堀井もいない。足取りは意外にしっかりしている。甘えられる人間がいると、徹底して甘えるタイプなのかもしれない。そういう人間は少なくない。

「ああ、どうも」

「警視庁の女性刑事が来てましたな」

「はい」

たったいま、電話していたとは、もちろん言わない。

「車で後をつけて来ているみたいだ」

「そうですか」

真っ赤なマツダ。下手糞《へたくそ》な尾行にはぴったりの車だろう。

「名探偵のお知り合いだそうで」

「堀井から聞いたのですか？」

「まあね。でも、あとからほかの刑事みたいな人も来てましたな」

「そうですね」

「何人か話を聞いているみたいだったが、なにかあったんですかな」

「ええ、まあ」

話したらいいか、迷っている。

だが、すでに公になっていることならかまわないだろう。

「じつは、ぼくたちが行ったあと、富士山の五合目で殺人事件があったんです。昨夜のテレビのニュースでもやってましたよ」

「ほう」

桑木はスマホを取り出し、ニュースを検索した。

「これか。五合目の遺体は殺人事件。殺されたのは……日本エレクトリック社勤務の斉藤恭介」

「それです」

「落石事故も疑われたが、石が二度当たっていることが検視で確認され、殺人事件ということになった」

「そうみたいです」

「近田くんは、日本エレクトリック社の仕事もしていたはずだぞ」

「はい」

「警察は、あのテレビによく出る実業家にも話を聞いていただろう？」

「はい」

「近田くんは、あの男の会社の仕事もしていた」

「ええ」

「近田くんの仕事をめぐって、トラブルかなにかあったんだろうか？」

「さあ」

月村は首をかしげた。だが、それは考えられるのだ。

裏には、近田がからんだ仕事で、官民がいっしょになった一大スキャンダルでも存在しているのかもしれない。

「いや、近田くんの仕事はいいものだった。とくに怪しいことなどなかったと思うな。それに、あいつは金銭欲など薄かった。人と争うこともない。トラブルなんて起きようがない。どういうことなんだ」

「不思議ですね」

だが、たとえばレッツゴー・キャンペーンにしたって、賄賂まみれの事業だったとしても、なにも不思議はないのだ。

「そういえば、女性刑事は宗教のことを言っていた」

「そうですか」

「わたしはわからないと答えたが、近田くんは星だの月だのをデザイン化するのが得意だった」

「はい」

「わたしの絵も、宇宙をモチーフにしたものが多い。わたしの場合は、宗教色は薄いのだが、近田くんのは宗教だったのかな」

「そっちがからむと、わかりにくくなるかもしれませんよね」

「ほかの客にも話を聞いていたぞ」

「そうですね」

「あのスーツをラフに着た男だ」

ちょうど前川翼がコーヒーを片手に、建物から出て来たところだった。

「はい」

「きみは誰だか知ってるんだな」

「それはたまたま知っただけですので」

「何者なんだい？」

「ああ、それは……」

「言わないほうがいいか」

「すみません」

「だが、警察が話を聞いていた三人とは、仲間の可能性があるんだ?」

「おそらく」

それくらいはいいだろう。

「それなのに、知らない者同士のように離れた席に座り、旅のあいだもろくすっぽ話もしないんだ?」

「変ですよね」

「仲間は三人だけかい?」

「と言うと?」

「近田くんも仲間だった可能性もある」

「はい」

「五合目で殺された男もだ」

「ええ」

「それで五人。七人てことはないかい?」

「なぜです?」

「近田くんは、北斗七星が好きだった。最初のころは、よくデザインにもシンボルみたいに使った。しかも、北斗七星を拝む妙見さまのところに遺棄されていた」

「ぼくもその可能性はあると思ってます」

「近田くんは怯えていた」

「はい。それは警察も知ってましたね」

「怯えるわけだわな。怪しいやつがいっぱいいる」

「そうですね」

「わたしも怖くなってきた」

「でも、まもなく旅も終わりますし」

「いや、別の意味でも……」

桑木画伯がそこまで言ったとき、向こうから娘の沙織と堀井次郎が、画伯を捜し回っていたように、こちらに駆けて来るのが見えた。

都内に入ると、高速も詰まってきた。それでも、完全に止まることはなく、バスの運転手はさすがで、月村もよくわからない複雑な首都高を巧みに乗り継ぎ、駒形《こまがた》で高速を降りた。

いよいよ最後の浅草誓教寺に向かっている。

結局、丸山隼人も児玉翔一も、前川翼も野原冬馬も、互いにメールでやりとりをするようなようすはまったくなかった。

もし、四人が仲間同士であったなら、警察に尋問までされたのだから、頻繁に連絡を取り合うのではないか。それをしないということは、やはり月村の勘違いだったのかもしれない。

そういえば、丸山は北斎の絵を前に月村に話しかけてきた。もちろん、月村がツアーの解説者だというのを知っているからだろうが、他人が見たら、以前からの知り合い同士だと思ったかもしれない。

逆に桑木親子のようすがおかしかった。画伯の表情が硬く、しきりになにか考え込んでいる。沙織も隣で気まずそうにしているのだった。

11

旅の終わりは、浅草の誓教寺である。

ここに北斎の墓がある。

墓石の前面には、「画狂老人卍墓　川村氏」とある。

いまは、墓石を祠《ほこら》が囲っているので見えなくなってしまったが、右横には、北斎の辞世の句とされる「悲と魂でゆくきさんじや夏の原」とあり、行年九十とも刻まれている。

また左横には、北斎の戒名である「南総院奇誉北斎居士」と、亡くなった年月日が刻まれた。また、幼くして亡くなった北斎の二人の娘の名も入っている。

この墓は、亡くなってすぐに建てられたものではないらしい。北斎は当初、同じ誓教寺にある父の墓に葬られ、いまの墓は北斎の孫の白井多知なる女性が寄進して建てたものらしい。孫の代の話なら、お栄もすでに亡くなっていただろう。

北斎は、生まれにも謎があり、亡くなったあとも謎がついて回った。それは北斎のキャラクターがなせるところもあれば、北斎自身、隠していることが多かったせいもあったかもしれない。

月村は今日も、尊敬とねぎらいの気持ちをこめて、墓に手を合わせた。もう五回目か六回目である。

だが、今回のように生誕の地からお墓まで辿り着くと、感慨はひとしおである。

わきでは川井綾乃と松下剣之助も手を合わせていた。

「月村さん、お疲れさまでした」

川井綾乃が小声で言った。

「いや、こちらこそ。ともかく無事で終わってよかったね」

じつは、客になにか起きるのではないかと、内心、ひやひやしていたのだ。

「いやあ、ほんとにいいツアーだったよ」

松下剣之助も月村の肩を叩いて言った。

皆はこのあと、北斎の石碑などを見に移動したが、月村は桑木画伯と娘の沙織が見当たらないのが気になった。堀井も見失ったらしく、墓地のなかを行ったり来たりしている。ほかに、丸山隼人や前川翼たちの姿もない。

月村はなんとなく気になって、寺の外に出た。

反対側に夕湖が乗って来た真っ赤なセダンがとまっている。だが、夕湖の姿は見えない。

すると、向こうの浅草通りのほうで急ブレーキの音がした。

思わずそっちを見ると、悲鳴のような声がしたり、何人かが慌てたように動いているのが見える。

交通事故らしい。

嫌な予感がして、月村がそっちに向かおうとしたとき、道端に紙切れが落ちているのが見えた。北斗七星が、描いてあった。

そのうちのいちばん端、柄杓《ひしゃく》の先っぽの点だけが、赤い色になっていた。

——なんだろう？

気になってその紙切れを拾い、さらに浅草通りのほうに向かった。

誰か倒れている。

それを抱きかかえるようにしているのは、桑木沙織ではないか。

沙織が泣き喚《わめ》いている。

「ああ、お父さん、ごめんなさい！」

横たわっていたのは桑木画伯である。血などは見えないが、青い顔でぐったりしている。まったく動かない。

そのわきに立ち、夕湖が電話をしている。

歩道のほうには丸山隼人や前川翼がいるのも見えたが、こんなときはそれどころではない。

「救急車は？」

月村が夕湖に訊いた。

「いま、呼んだ」

「なにがあったの？」

「わからない。車のなかにいたとき、急に二人が駆けて行くのが見えたの……止める暇もなかった」

「どっちが先に？」

「娘さんが逃げて、それを桑木先生が追いかけて」

「そうか」

通りかかった女性が、

「看護師です」

と言い、しゃがみ込んで桑木画伯の脈を取ってくれている。

救急車は意外に早く来て、さらにパトカーもサイレンを鳴らしてやって来た。

作業の邪魔になりそうなので、月村は歩道のほうに下がった。

丸山隼人たちの姿はなくなっている。誓教寺のほうからは、川井綾乃が駆けて来るのが見えた。

「なにがあったんですか？」

川井綾乃が訊いた。

「桑木画伯が車にはねられて」

「え……」

はねたらしい車のわきに、中年の男が立っていて、警察官に、

「女の人がいきなり飛び出して来たんですよ。それを避けるのに、慌ててハンドルを切ったら、今度は年寄りが出て来て……」

と、事情を説明していた。

「どうして、こっちのほうに?」

川井綾乃はさらに訊いた。

「さあ」

とは言ったが、頭のなかに一つの筋書が浮かんだ。もとになったのは、道端で拾ったメモである。

——そうか。そうだったのか。

と、月村は胸のうちでつぶやいていた。

第五章　北斗七星の誓い

1

殺された日本エレクトリック社の斉藤恭介の家を、夕湖と大滝が訪ねた。こっちの捜査は、本所署の結城刑事は関係ないのだ。山梨県警側では、遺体の確認のとき奥さんの話は聞いており、また訊く予定はあるかどうか尋ねると、「あの奥さんの話を聞くのに、わざわざ家にまで行く必要はない」とのことだった。なぜか、つらい旅でもしてきたあとのような、うんざりした気配があった。

奥さんの話よりは、五合目に行くまでの斉藤恭介の足取りを追うのに全力を挙げているというが、まったく摑めていないらしい。

斉藤恭介の足取りを追うからわからないので、入れ替わった丸山隼人の足取りを追わなければわからないと思うのだが、山梨県警は入れ替わり説を信じたくないみたいだった。

斉藤恭介の家は、天王洲《てんのうず》の高層マンションの35階だった。ここは、大滝の出身大学である東京海洋大学のすぐ近所だが、

「このあたりは来たことがない。こんなになってたのか」

と、驚いていた。

さらに、部屋に入るやいなや、

「いい景色ですねえ」

と、しばらくリビングからの景色に見入ったほどだった。

たしかに、すぐそこを羽田空港を発着する飛行機が飛び交うさまは見ものである。

「いいわよ、ずっと見てても」

と、斉藤恭介の奥さんは言った。夫が亡くなったばかりなのに、声にゆとりがあった。

「あ、すみません。田舎者なので」

大滝は詫《わ》びた。

見晴らしのいいリビングだが、なかのインテリアも一見の価値がある。目の前にいる奥さんの大きな写真が、パネルなどになっていっぱい飾られている。そのほとんどは、衣装をつけた舞台上の姿である。

奥さんの斉藤美奈子《みなこ》こと千早《ちはや》美奈は、〈劇団二十三年前〉の看板女優だそうである。劇団二十三年前は、二十三年前に設立されたからで、去年は〈劇団二十二年前〉で、来年は〈劇団二十四年前〉になるという。演じられるのは、いっぷう変わった冒険活劇みたいなもので、そのなかに社会風刺が込められるらしい。夕湖も大滝もまったく知らなかったが、ネットで調べたらけっこう人気があって、ファンもついているみたいだった。

いま、目の前にいる千早美奈も、くっきりしたつけまつ毛と、派手なアイシャドーのせいで、舞台のうえにいるみたいである。

「斉藤さんのスマホはまだ見つかっていないんです。電波も切れています。パスワードなどがわかると、いろいろ辿れることもあるんですが、奥さんはご存じないんですよね」

と、大滝は訊いた。

「うん、わからないの。あの人だって、あたしのそういうの、なにも知ってなかったと思う。まさか、こんなことがあるとは思わないから、うちはそこらへん、干渉しなさ過ぎだったかもね」

「いや」

「変な夫婦なのよ。それが自慢でもあったの」

「自慢ですか」

「そうよ。富士吉田署の刑事なんか、そんなにご亭主のことを知らないなんておかしいって。そのうち、喧嘩《けんか》してましたか？　とか訊き始めるわけ。疑い出したみたいね。あたしが殺し屋でも雇ったとでも思ったのかしら。あたしは女優よ」

「女優？」

「そうよ」

つんと顎《あご》を上げた。

「女優は、ご亭主のことをあまり知らない？」

「あのね、誰が言ったか知らないけど、人間は男と女と役者の三とおりなんですって。それくらい違う人間だってこと。一般人の常識を押し付けてもらいたくないっ」

千早美奈は怒っている。

「はあ」

大滝は言葉もない。

夕湖も俯いてしまった。

「ご自宅にもパソコンはありますよね？」

「あるわよ、そっちに。三つくらい」

「三つもですか」

「商売柄でしょ」

「そっちのパスワードとかは？」

「それもわかんない」

「どこかにメモしてたりするんですけどね」

「デスクの周囲とか、なかも見てみて。遠慮しなくていいわ」

「それじゃあ」

と、大滝はリビングの隣の書斎スペースに行った。

夕湖は座ったまま、紙を出し、

「この名前のなかに、奥さんがご存じの人はおられます？」

と、訊いた。

紙には、丸山隼人、児玉翔一、前川翼、近田流星、桑木沙織の名前がある。桑木沙織は月村の推理を聞いて付け加えたのだ。仲間はぜんぶで七人、桑木沙織もその一人だと、月村は断言したのだった。

「近田流星って、この前、亡くなった人でしょ？」

「そうです」

「名前は知ってるけど。あ、児玉翔一って、あの大根女優と付き合ってる実業家よね」

大根女優という言葉を顔をしかめて言った。

「その人たちと、ご主人は知り合いとか、友だちとか言ってませんでした？」

「いやあ、聞いたことない……皆目聞いたことない」

「結婚式とかにも来てないですか？」

「結婚式とかにも……来てないと思うけど」

話に妙な間が入るのはなんなのだろう。だんだん舞台のセリフを聞いているみたいな気分になってくる。ほんとうにこの人は亡くなった斉藤恭介の奥さんなのだろうか。

「殺されるなんて不思議なことが、あの人の身に起きるなんて、思ってもみなかった。ほら、あたしって、こんなふうでしょ」

どんなふうだい、と夕湖は胸のうちで言った。

「だから、堅実一直線の人を選んだのよ」

「そうなんですね」

「演劇畑の人間はよくやるの、そういうこと」

「はあ」

「見込んだとおりの堅実一直線だったわよ」

「でも、優秀なビジネスマンで、次世代スマホの開発にも関わっておられた」

「堅実一直線だから、優秀なビジネスマンになれた……うん、そう」

自分で納得した。

「ご主人は宗教とかは？」

「あの人が？」

「なにか拝んだりは？」

「見たことないけど。しいて言えば、あたし教」

「え？」

「あたしにはかなりぞっこんだったと思う」

「……」

「ずいぶん振り回したかも」

「……」

「まさか、ほかの女に殺されたなんてことは？」

「いまのところはなんとも」

「それと、あの人は、未来馬鹿だったの」

「未来馬鹿？」

「未来はどうなるかっていうのが、いちばんの関心ごとなの。あ、それとあたしもね。それで未来には必ず、コンピュータがからんでくるわけ。人間を超えた万能のコンピュータよ。すると、変な未来のイメージになってくわけ。そういう話をしてるときの彼は、凄く怖かったわよ」

「はあ」

「そういうのが殺しの原因にはならないわよね？」

「たぶん」

「ああ、でも、犯人捕まえてもらっても、あの人は帰らないしね。警察の人には悪いけど、あたしのなかでは大きななにかが終わった。もう、取り返しはつかない」

千早美奈はそう言って、顔を両手でおさえ、ソファにうずくまった。

大滝がそばに来て、

「いまのところ、なにも見つかりません。もしかしたら、パソコンを借り出すことになるかもしれないので、あのまま触らないようにしてもらえますか」

「……」

千早美奈は、なかなか返事をしなかった。

天王洲の高層マンションを見上げて、

「ああ、疲れたな」

と、大滝は言った。

「そうだね」

夕湖は、疲れはさほどでもないが、ひどく調子が狂ってしまった感じだった。

「やっぱり警察官なんかしてると、人間が硬くなってしまうのかね」

「どういうこと？」

「おれ、叱《しか》りつけたくなったりしたんだ」

「そうなんだ」

「でも、あれがあの世界の人の哀《かな》しみ方かもしれないしな」

「そうかもね」

夕湖はうなずいたが、こういう経験は、あとからじわじわ思い出すような気がする。

2

夕湖と大滝が本所署にもどるとすぐ、捜査本部の会議が始まった。

ただ、本所署の〈近田流星遺体遺棄事件捜査本部〉は、立ち上げたはいいが、まるで活気づいていなかった。だいたい今日の会議にしても、捜査本部長であるはずの本所警察署長が、本庁の署長会議があるとかで、出席していなかった。どうも山梨の事件があったから、仕方なくやっているという感じで、近田流星が殺されたのかどうかすら、まだはっきりしていないのだ。

しかも、桑木周作の事故死など、訳のわからないことまでからんで、

「近田流星が、そのツアーに参加することに怯えていた」

という証言まで、あいまいになってしまった。

「まさか、桑木周作まで殺されたなんてことはないよね？」

本所署の刑事課長が夕湖に訊いた。

「それはないです」

夕湖はきっぱりと言った。

だが、今度の殺しがなかったら、桑木画伯はあんな死に方をすることはなかったただろう。

まずは、富士吉田署と連絡を取った刑事から報告があった。

向こうも、捜査は進んでいないらしい。

富士山五合目までの斉藤恭介の足取りさえつかめないし、職場や友人関係などからも手がかりは見えて来ない。

「奥さんの話を聞くのに家にまで行く必要はないと、うんざりしたように言ってたのはなんなのかな」

その言葉に、夕湖と大滝は顔を見合わせた。

たしかに、もう一度、あの奥さんのところに行くことになったら、臆する気持ちになるかもしれない。

「でも、どうして丸山隼人の入れ替わり説を検討しないんですかね」

と、夕湖は言った。

それだったら、斉藤恭介は五合目までツアーバスで行ったわけだから、ほかの足取りなど見つかるわけがないのだ。

「でも、なんのために入れ替わったりするんだ？」

本所署の刑事が言った。

「それは足取りを消したり、犯行をごまかしたりするためじゃないですか」

「わざわざそんなことを？」

本所署の刑事は首をかしげた。こっちでも、入れ替わり説は馬鹿げたものと思われているのだ。

つづいて、バスツアー客全員の身元を洗っていた警視庁組から、

「客のなかに、全通の社員がいたのですが、これってなんかつながりませんかね？」

という話が出た。

「誰ですか、全通の社員て？」

夕湖が訊いた。

「野原冬馬って人です」

「野原冬馬……」

アロハシャツを着た男だった。

「どうした？」

吉行が訊いた。

「もしかしたら、この人がキーマンかもしれませんよ」

夕湖がそう言うと、本所署の刑事数人が苦笑するのがわかった。

3

翌日――。

夕湖は大滝とともに、野原冬馬を訪ねた。

その前に電話を入れ、アポを取ろうとしたのだが、

「なにも関係ないのに、なんでわざわざ会社まで来られるんですか」

と、野原はずいぶん嫌がった。

「電話でいいでしょうよ。訊きたいこと、おっしゃってくださいよ」

とも言った。

「いや、我々の仕事は、お会いして話すというのが基本なんですよ」

夕湖は冷たい口調で言った。

「もう、弱ったなあ。何分くらいかかります？」

「できるだけ早く終わらせますが」

「こっちはスケジュールが詰まってるんですよ」

「そこをなんとか」

「じゃあ、今日でしたら、四時から十五分だけ空けますよ。それ以上は無理ですから」

「わかりました」

全通は何度か本社を移しているが、いまは築地にあるガラス張りの巨大なビルに置いている。

地上二十階の製作部のラウンジは、ホテルのラウンジより豪華なものだった。

現われた野原は、アロハシャツではないが、仕事中には見えない派手なTシャツ姿だった。

「手っ取り早く頼みますよ」

と言うので、夕湖は五人の名前を見せ、

「この人たちは、全員ご存じですよね？」

と、訊いた。

「近田流星、斉藤恭介、前川翼、丸山隼人、児玉翔一……。このなかで、直接知ってるのは、近田流星と児玉翔一です。近田くんとは何度かいっしょに仕事しましたから。あと、児玉翔一は、かつての同僚です。ここにいたんですよ、彼は」

「ええ、そうですね」

「でも、そんなに親しくはしてませんでしたよ」

「そうなんですか」

「あのバスに乗ってたでしょ」

「ご存じだったんですか？」

「ええ。ああ、嫌なやつに会ったなと思いましたよ。たぶん、向こうもそう思ってたんじゃないですか。だから、ぼくはできるだけ話はしないようにしてましたよ」

「まったく話はしなかった？」

「いや、だって同じツアーにいるんだから、顔を合わせるじゃないですか。そういうときは、適当に二言三言話しましたよ」

「近田さんの話も？」

「それは、驚いたよなくらいは話しましたよ。でも、近田とは、会社では頼んでたけど、直接は会ってないって言ってましたよ」

「そうなんですね。でも、凄い偶然ですよね？」

「そうですか？　ぼくはよく、いろんなところでばったり知人に会いますけどね」

「前川翼さんは？」

「どういう方です？」

「国交省にお勤めです」

「ああ、国交省なんですか」

「レッツゴー・キャンペーンの担当者でした」

「それだったら、うちがレッツゴー・キャンペーンを手がけると決まったとき、大勢同士で挨拶と名刺交換くらいはしたかもしれませんね。でも、それだけで、顔も名前も覚えていませんでした。ツアーのあいだもまったく気がつきませんでしたよ」

「丸山隼人さんは？」

「なにをしてる人です？」

「政治家の洲之内丈一郎さんの第一秘書です」

「それだったら、知りません。まったく。一面識もありません」

「桑木沙織さんは？」

　わざとそこに名前を書いておかなかった。いきなり名前を出して、反応を見たかったのだ。

「桑木沙織？　いや、知りませんね」

　表情に変化はない。

「桑木周作さんは？」

「亡くなったじゃないですか。ぼくは現場にいましたよ。でも、明らかな交通事故でしたよ、あれは」

「ええ。わたしも現場にいましたから」

「あ、そうなのね」

「野原さん、出身大学は？」

「ぼくは京都です。京大の経済学部」

大学もぜんぶバラバラなのだ。だが、歳はほぼ同じで、超エリート。

野原は突然、立ち上がり、

「あ、いま、行きます。すみません」

と、大声で言い、夕湖たちには嫌な顔で、

「クライアントがお見えでね。十五分経《た》ちましたし。では、そういうことで」

野原はそう言って、やって来たスーツ姿の一団のところへ、手を挙げながら駆け寄って行った。

4

この晩、夕湖は月村の家に来た。

チェットがいつもより愛想がいい。夕湖がソファに座ると、さっと膝《ひざ》に乗った。知らんぷりして、ベランダに出てしまうこともあるのだ。

じつは帰りがけ、吉行から、

「名探偵に相談してもいいぞ。よっぽど、重要な秘密さえ明かさなければ」

と、言われたのだ。

だから、今日はおおっぴらに月村の意見を聞くつもりだった。電話を入れておいたので、夕食も用意してくれていた。もっとも、それはこのあいだ夕湖がつくって冷凍しておいたカレーを解凍したものだった。それをパスタにかけて食べることにした。

「あ、ごはんにかけて食べるよりおいしいかも」

一口食べて、夕湖は言った。

「ほんとだな」

食べながら、まず野原冬馬が全通の社員だと告げると、

「それでがっちりつながったじゃないか」

と、月村は言った。

それから、野菜が足りないなどと言って、トマトを切り始めた。

その背中に、

「ほんとに七人は仲間だと思う？」

と、夕湖は訊いた。

「ああ、ぜったいにね」

「でも、こんなに関係が希薄な仲間ってある？」

「希薄かどうかはわからないよ」

「いちおう仕事ではつながるよね。でも、皆、バラバラだよ」

「それは隠してるだけだよ」

「なんで隠すの？」

「七人だけの宗教だから」

「そんなのある？」

「どんな宗教があっても不思議じゃない。現に、宗教心は強く持ちながらも、既成の宗教は信じきれない。かといって、新興宗教も駄目。自分だけの信仰を持っている人というのは、決して少なくないんじゃないか」

「そう言われてみると、あたしもそういうのはあるかもしれない」

「だろ」

「ねえ、もしかして、宗教じゃなくて、犯罪なんじゃないの？」

それは急に思いついたのだ。

「犯罪ねえ」

「若かりしころ、彼らは七人で殺人を犯したのよ。それだったら、七人は仲間であることを隠し通そうとするでしょう」

「それはぼくも考えた。でも、それなら、仕事なんかいっしょにやるかな？」

「やらないか」

とぼけ方も中途半端である。

「そういうこととはなんか匂《にお》いが違う気がするんだ」

「匂いねえ」

月村独特の勘だろう。

「だって、功利的なことでは協力し合っている。だが、お互いの関係は隠したがっている。とすると、秘密の宗教がいちばん怪しいだろ？」

「そうかな」

カレーパスタがおいし過ぎる。ドレッシングをかけただけのトマトサラダももっと食べたいくらい。

「パスタ、まだある？」

「あるよ」

食べ過ぎと思いつつ、我慢できない。

「月村くんも食べて」

だらしなく肥るなら、いっしょに肥りたい。

パスタにカレーをからめながら、

「でも、こういうことはいつかバレるよ」

と、月村は言った。

「そうなの」

「なにかのきっかけでね。ぼくはたぶん……」

そのときチェットが「にゃあ」と啼いて、専用の出入り口から屋上の庭に出て行った。

5

翌日――。

夕湖は大滝とともに、三浦半島に来ていた。

突端までは行かないが、半島の先っぽに近い、海峡を挟んで房総の山が望めるあたりである。

高台に、桑木画伯が新しくつくった家があった。

コンクリート造りの洋館である。さほど大きな家ではないが、裏側には百坪ほどの庭があるらしい。

あらかじめ電話をしておいたので、訪ねるとすぐ沙織が迎え入れてくれた。遺体は前日、茶毘《だび》に付され、いまは腹違いの兄弟が二人、来ているらしい。

海が見えるアトリエに通された。描きかけの絵から、油絵具の匂いが漂ってくる。

「向こうは東ですね」

と、夕湖は言った。朝日が下から差してくるみたいになるのではないか。

「ええ。父は、ここに来てから朝型になったと言ってました」

「つらいことをお訊きすると思いますが、事故の前、喧嘩みたいなことがあったようにお見うけしたんですが」

「ええ、まあ」

「どんなことで？」

「些細《ささい》なことです。父とはしょっちゅう喧嘩していたんです」

「ツアーの終わりにもですか？」

「父は、突然、思いついたことを言い出しますから。あのわがままは、いっしょに暮らした者でないと、わからないと思います」

「ここに名前を書きました」

と、夕湖は紙片を出した。

これには七人の名が書いてある。近田流星、斉藤恭介、児玉翔一、丸山隼人、前川翼、野原冬馬、桑木沙織。うち、近田と斉藤は亡くなっている。

「この七人は、なにかのお仲間ですよね？」

「いいえ。近田さんは、父のお弟子さんですが、あとの方は存じ上げません」

「でも、沙織さんはこちらに来るまで、アメリカのＢＯＡ銀行にお勤めでしたね」

「はい。いまも休職ということになってます」

「そのＢＯＡ銀行の日本キャンペーンを、全通に依頼し、野原冬馬さんが担当しましたよね」

「野原さんが担当したのは、わたしには関係ないことです」

「でも、お会いしたことはありますよね？」

「覚えてないんですよ」

「そうですか」

取りつく島がない。

当人たちに否定されたら、友情とか仲間なんてものはまったく成り立たなくなる。

無駄足かと思ったとき、

「上田刑事さんは、月村弘平さんとお友だちなんですよね？」

と、桑木沙織が訊いた。

「え？」

「堀井さんからお聞きしてます」

「ああ、はい」

「月村さんはどんなふうにおっしゃってました？　名探偵の推理を聞いてみたいです」

夕湖は迷ったが、話すことにした。

たぶん、桑木沙織は、近田や斉藤恭介、そして丸山隼人たちの仲間なのだと。

それを知った桑木画伯が沙織をなじり、逃げた沙織を追って、あの事故が起きた。

七人になったのは、北斗七星にちなんだのかもしれない。それは、宗教に近い仲間意識で、いろいろ仕事上の便宜は図りつつ、関係は極秘にしている。

「わたしは、犯罪じゃないかと月村くんに言ったんです。七人はかつて重大な犯罪に関わり、だから関係を秘密にしているんじゃないかと。でも、月村くんは違うと。たぶんなにか神秘体験のようなものを共有してるんじゃないかと」

「神秘体験……」

沙織はつぶやくように繰り返した。

「当たってます？」

夕湖は訊《たず》ねたが、沙織は微笑《ほほえ》むだけだった。

「今日、渋谷コスモスホテルで、近田流星さんの追悼式があるんです」

「そうなんですか」

「お父さんの追悼式もあるんですよね」

「ええ。ニューヨークでやることになると思います」

「近田さん、生きてらしたら、たぶん駆けつけてくれますよね？」

「………」

沙織はハッとしたように夕湖を見たが、それについてもなにも言わなかった。

6

同じころ――。

月村は、上野にある国立科学博物館にやって来た。

ここの小ホールで、朝野北水の仕事の特別展示がおこなわれているのを、たまたま入った喫茶店に置かれていたビラで知ったのである。

展示は、いわばミニ特集のようなもので、見に来ている人も少ない。北斎との関わりも、とくには謳《うた》っていない。

いちばん目立つのは、北水が描いたと思われる巨大な宇宙図である。

これは北極星を中心にして、古代からある中国の星座と、渋川春海《しぶかわはるみ》がつくった星座を赤と青で分けて書き込んだものである。もちろん、江戸時代に一般的だった須弥山説《しゅみせんせつ》の宇宙観とはまったく別のもので、北水は陰陽道の宇宙観も否定していた。

また、北水の著書とされる『天象話説記聞』『有頂天問答』『天文初心抄』『天学龍淵先生記聞』なども並べられている。

こうした著書はどれも、出版されたものではなく、関東一円にある程度の数がいた弟子たちによって口述筆記されたものである。

このため、書き手の癖もあり、誤字脱字もあり、古文書のほうは熱心にやってこなかった月村は、読むのにかなり苦労しそうである。

だが、北水が説いた宇宙観は、当然、北斎も聞いていたし、むしろ北水の話から西洋の宇宙観を学んでいたのではないか。であれば、誰も現代文にしないのなら、いつか月村がやるしかなさそうだった。

——北斎の宗教は、科学に接近していた。

月村は、北水の宇宙図を見ながら、改めてそう思った。

——富士信仰も、おそらく富士を神さまとして拝むようなことはなかった。

では、なにを拝んだのか。

——宇宙の摂理のようなもの……。

それは現代の宇宙物理学ですら、まだまったく明らかにできていないもので、北斎との差はそれほどないと言ってもいいくらいなのだ。そして、その途方もない宇宙のなかの自分のちっぽけさを知り、いまだ途上にある仕事の完成を、大きな運命に向かって祈る。

それは、あまりにも現代ふうの解釈だろうか。だが、北斎の絵を見ていると、月村にはそう思うほうが自然な気がしてくる。

——では、北斎ともどこかで重なる、近田流星や斉藤恭介や、野原冬馬や丸山隼人たちを結びつけているものは……。

むしろ、科学的ではないもののような気がする。

月村は、夕湖に「それは神秘体験」と言った。だが、当たっているかどうかは自信がない。これは、いままで関わった事件のなかで、いちばん難しい事件のような気がした。

そういえば、夕湖から聞いたのだが、今日は近田流星の追悼式がおこなわれているはずだった。近田の葬儀は、地元で親族たちが集まり、ひっそりと営まれた。近田は生前から、そういうふうにしてくれと言っていたらしい。追悼式のほうは、近田の事務所に勤めていた二人の社員が企画したのだという。

——やっぱり、近田流星の追悼式に行ってみよう。

と、月村は思った。たぶん、誰も来ていないだろうが、それでも近田の別の顔が見えてくるかもしれない。

7

月村は、いったん家に帰り、一仕事済ませてから、渋谷警察署の前にある渋谷コスモスホテルを訪れた。ここの二階にあるホールで、近田流星の追悼式がおこなわれていた。

近田事務所が主催者になっている。

会費を払ってなかに入ると、すぐに夕湖がそばにやって来た。

「夕湖ちゃんだけ？」

「ううん。本所署の刑事も一人来てる」

「会費制なのに盛況だね」

ざっと見て、二百人近い客がいる。

「継続中の仕事がけっこうあって、事務所の社員二人が後を引き受けることになっているみたい。そのお披露目もあるんだよね」

「そういうことか」

たしかに、若い男女が正面にいて、近田の作品を前にいろいろ解説のようなことを話していた。

「五人のうち、誰か来てるかい？」

始まってから三十分は経っている。

「誰も来てないね」

「知らないのかな？」

「ううん。仕事の付き合いがあったところには、すべて通知したって」

「そうか」

月村は好きなジンライムは出してもらえないので、ウイスキーの水割りをちびりちびり飲んでいた。

ぼちぼち帰り始める人が出てきたころ、慌てたように一人の男が入って来て、しきりにほかの客の顔を確かめていた。

三十歳くらいで、短い髭《ひげ》を生やしている。

誰も目当ての人間がいないので、とりあえず一杯飲むかというふうに、ウイスキーの水割りをもらっていた。

月村はさりげなく近づき、声をかけた。

「もしかして、近田さんの仲間たちを探しているんですか？」

「そうですが」

「宗教仲間？」

「宗教？まあ、そうですね」

短い髭の男は苦笑してうなずいた。

「丸山さんとか、前川さんとか？」

「うん、そう。あ、もしかして、ぼくの代わりに入った人？」

月村を指差して訊いた。

「いや、ぼくは違います」

月村は首を振り、

「ただ、近田さんの作品の背景を知りたいとは思っていて」

と、言った。

ぼくの代わりに入った人。この人は、丸山や前川の仲間だったのだ。月村は、胸が高鳴っている。ついに核心に辿り着こうとしている気がする。

「ああ、背景ね」

「なにか、独特の宗教みたいなものがあるとは感じてるんです」

「あれを宗教と言えるのかなあ」

「葛飾北斎はからみます？」

「北斎のことはね、後付けなんですよ。北斎は北斗七星を拝んでいたし、富士山の絵を描いてたでしょう。それで、北斎クラブってしたんです」

「北斎クラブ……」

「いいのかな、話しても。でも、もう亡くなっちゃったしね」

と、正面にある近田の写真に目をやって、

「ぼくらは、予備校の夏期講習で知り合ったんですよ。いちおう成績優秀者の組でね」

「ああ、予備校ですか」

同じ歳のはずである。

「高校三年のときですよ。それで、たまたま話が合った七人で、山中湖に遊びに行ったんです。ぼくの伯父が、別荘を持っていたんで」

「ははあ」

「皆、成績も優秀で、受験の心配もなかったんですね。志望校に入れるくらいの実力はすでにあったんですよ。それで、別荘というのは丸太小屋みたいなやつなんですが、敷地だけは広くて、五千坪くらいあったのかな。その敷地の一画に風《ふう》穴《けつ》があったんです」

「風穴？」

「富士山の周りにそういうのあるんです。噴火のときの加減でできたやつじゃないですかね。そこへ潜り込んだんです」

「危なそうですね」

「そのとおりです。崩落したんです。ぼくらが入っているとき、ちょうど震度4くらいの地震があったんです」

「……」

「閉じ込められて、真っ暗で、もうパニックですよ」

「でしょうね」

「ものすごく長いことといたような気がしました。あとで考えたら、一昼夜だけだったんですが、一週間くらいいたみたいな気持ちでしたよ。それで、なんだか朦《もう》朧《ろう》としてきたころ、誰かが北斗七星だって言ったんです」

「北斗七星？」

「崩れた岩の隙間《すきま》から、小さな光が見えたんです。それが、北斗七星のかたちをしてたんですよ」

「へえ」

「さらに誰かが、おれたちは導かれてるみたいなことを言ったんです」

「ははあ」

「ぼくらは、その明かりのほうに行きました。すると、そこの岩が崩れて、光が差し込んできました。穴から出られたんです」

「よかったですね」

まるで自分もその光を見たような気持ちになって、月村は言った。

「ええ。そのときは感激しましたよ。死ぬと思っていたのに、その前に北斗七星の明かりを見るなんて、これはなにかあるって」

「神秘体験みたいに思えたんですね」

「そうです。それから、別荘にもどり、飲んだり食ったりしながら、話し合ったんです。おれたちは皆、優秀だし、自分の好きな道を歩いて行けるだろうと。そのとき、ひそかに力を合わすことができたら、成功の可能性はますます高くなるはずだと」

「なるほど」

「あの北斗七星は、まさにそうしろという、なにかの導きだったんじゃないかと」

「ええ」

「これは宗教なのかと自問自答しました。宗教みたいな神秘体験はしたけど、これはむしろ秘密結社だろうと」

「七人だけの？」

「そうです。教祖なんかいません。七人は同じ立場です。よほどのことがなければ、退会も許さない。裏切りも許さない。結社であることも秘密だと。フリーメーソンでも気取ったんでしょうね」

「なるほど」

「でも、固い結束が生まれたという実感はありましたよ。皆、若かったから。同じ歳の連中が、甲子園で汗を流す者もいるし、ぼくらは神秘体験で将来の友情を誓った」

　懐かしそうに言った。

「それで、近田さんは東京芸大に入った」

「ええ、志望通りですよ。才能があったから、すぐに頭角を現わした。公募で入選したのには、いくらか仲間のコネも幸いしたかもしれません。そしたら、当然コネが利いて、すぐにいい仕事が入ってきた。仕事を紹介したほうだって、手柄になったでしょう」

「でしょうね」

「野原冬馬ってのは、京都大学に行き、全通に入社しました」

「はい」

「前川翼ってやつは、慶応から国交省に行きました」

「ええ。存じ上げてますよ」

「丸山隼人ってのは、東大法学部のときから世話になっていた洲之内丈一郎っていう政治家の秘書になりました」

「いまや財務大臣ですよね」

「そうなんですよね。やっぱりあいつの目は確かだったんだな」

短い髭の男は、感心したように言った。善良な性格であることがわかるような、いい笑顔も見せた。

「それから、斉藤恭介ってのは、東工大に行って日本エレクトリック社に就職しました。あいつも優秀だったなあ。日本でいちばん量子論を理解しているのはおれだと言ってたからなあ。量子コンピュータでもつくってんのかな」

「女性もおられたのでは？」

「よくご存じで。紅一点の田島《たじま》沙織は、ハーバードに行って、ＢＯＡ銀行に就職しましたよ」

「ハーバードだったんですか」

「カノジョも優秀だったから」

「田島さんは、画家の桑木周作のお嬢さんてことはご存じですよね？」

と、月村は訊いた。

「えっ、そうなんですか」

「たぶん、お母さんがそのときはもう離婚して元の名字を名乗っていたんでしょう」

「なるほど」

「桑木画伯も先日、亡くなりました」

「そうなんですね」

桑木については、さほど知識も関心もないようだった。

「田島さん、さすがに元気を失《な》くしてますよ」

「そうだったんだ。それで、ぼくは、安西怒濤《あんざいどとう》って言うんですが、東大の医学部に行って、医者になりました」

「皆さん、凄いですね」

「もしかしたら神秘体験のおかげで、脳も刺激されたのかも」

安西は面白そうに笑った。

「斉藤恭介さんも亡くなられたのは、ご存じですよね？」

「え？」

安西は目を丸くした。

「亡くなられたんです」

「いつ？」

「近田さんが亡くなられたあとです」

「嘘《うそ》？　それは知らなかった」

「たぶん、二人の死には関係がありますよ」

「どういうこと？」

「近田さんの死因はご存じですか？」

「ぼくは、じつは海外医療団に入ってましてね。五年以上、日本を離れていて、たまたま日本にもどって来て、近田流星の追悼式をやるっていう新聞記事を見て、飛んで来たんですよ」

「そうだったんですか。近田さんは、窒息死だったんです」

「窒息死？」

「それで、遺体は墨田区業平の法性寺というところの前に遺棄されたんです」

「死体遺棄？　殺人？」

「かどうかは、まだわかっていません」

「そうだったんだ」

安西は思い出したように水割りを飲み、空になったのでおかわりを頼んだ。

「それで、斉藤恭介さんは、近田さんが亡くなったあと、富士山の五合目で、落石事故に遭ったふうに装って、殺されました」

「殺された……つながりがあるというのは？」

「近田さんは、北斎のツアーに行くことになってましたが、それを嫌がっていたみたいなのです。そして、そのツアーには、丸山隼人さん、野原冬馬さん、前川翼さん、田島沙織さんが乗っていたのです」

「それって、どういうこと？」

「皆さん、お互いに知らないと。偶然だとおっしゃっています」

「……」

　安西は愕然《がくぜん》として、月村を見つめた。

　そのとき、安西のわきに女性が立った。黒いスーツ姿が、どうすればこんなにエレガントに着こなせるのかと思うくらいだった。桑木沙織だった。

「安西くん」

　沙織が言った。

「田島さん」

「そうか、安西くんが帰って来たのね」

「うん」

「話したの、その人に？」

「話した」

「北斎クラブのきっかけも？」

　沙織の表情に、安西はことの重大さを察知したらしく、

「きみは警察？」

　引きつった表情になって、月村に訊いた。

「違います。ぼくはただの歴史研究家です」

「でも、そっちに」

と、沙織が安西の後ろを指差した。

夕湖がいた。途中からさりげなく寄って来ていたのを、もちろん月村はわかっていた。

「悪かったみたいだな」

安西が元気なく言った。

「ううん。いずれわかることだもの」

桑木沙織は首を振り、

「わたしたちはそういうつながりだったんですよ」

と、月村に向かって言った。

8

桑木沙織は、観念したというふうだった。

時間が勿体《もったい》ないので、渋谷コスモスホテルのなかのラウンジに入った。

椅子《いす》を一つ足してもらい、丸テーブルを月村と桑木沙織、安西怒濤、夕湖、そして本所署の結城刑事が囲んだ。

「わたしは全貌《ぜんぼう》はわかりません」

すぐに沙織が言った。

「ええ、そうだろうなと思ってました」

と、月村はうなずいた。

「どこから話せばいいのか。とにかく、わたしが久しぶりに日本に帰って来ると、北斎クラブはちょっと急進的というか、そんな雰囲気になっていたのです」

「急進的？」

「つまり、政治に舵《かじ》を取ろうと。おれたちなら、十年後、二十年後には、全員、国会議員になれる。そして、おれたちのなかから総理を出そうと」

「言い出したのは、丸山さん？　野原さん？」

「最初はわかりませんが、その二人がいちばん思い込みが強かったみたいです。でも、ほかのメンバーはそれほどでもなかったんです。それで決を採ることになりました。結果は、二対五でした」

「却下されたんじゃないんですか？」

「ぜったいに反対だと強硬だったのは、近田くんと斉藤くんでした」

沙織がそう言うと、

「それはわかる気がするな」

と、安西が言った。

沙織は安西にうなずき、

「あとの三人は、政治に興味はあるが、いまから動き出す気にはならないくらいの感じでした。だから、丸山くんと野原くんは、近田くんと斉藤くんの意見が変われば、残りの三人も意見は変わるだろうと思ったのではないでしょうか」

「それで、どうしたのかな？」

月村はうながした。

「なにをしたかはわかりません。ただ、連絡が来て」

「連絡は取り合っていたんですか？」

「どうしてもというときだけ、公衆電話から電話が来ました」

「公衆電話！」

いまでは存在すら忘れられている。

「もともと、あのツアーで久しぶりに集まろうということになっていたんです。でも、近田さんは嫌がったみたいです」

「なるほど」

「それで、近田さんが亡くなったという連絡が来ました。瞑想《めいそう》中の事故だと。北斗七星のもとに帰してやると」

「法性寺に葬るということですか？」

「そうみたいです。もしかしたら、そんな話もしたことがあったのかもしれません。わたしは、アメリカに行ったため、ほかの人たちより疎遠になっていたので」

沙織がそう言うと、

「そんな話はしたかもしれない。法性寺に墓をつくろうかとか、誰か言ってた気がする。あ、そうだ。前川が風邪をこじらせて肺炎になって入院したことがあったんです。そのとき、死ぬかと思った。墓は法性寺にしようかとか言ってたことがあった」

と、安西が言った。

「そういうことがあったんですね」

と、月村はうなずいた。

「でも、なぜ、あのツアーに？」

「山中湖に野原くんがコテージを持ってるんです」

「そうなんだ」

「この前、泊まったホテルから、すぐ近くです。歩いて数分くらい」

「あの晩も集まった？」

「ええ」

「そのコテージは、ぼくは知らないな」

と、安西は言った。

「買ったのは二年前だって」

「そうか」

「近田さんは、窒息死で亡くなりました。彼の住まいの収納スペースには、瞑想の空間みたいなものがつくられ、戸のところに北斗七星のかたちに小さな穴が開けられてあったそうです。そういうことは？」

と、月村が訊いた。

「それはします。わたしも。座禅の真似ごとみたいな、ヨガみたいな。そうやって深呼吸してると、気持ちが落ち着いたりはするんです」

「安西さんの代わりに北斎クラブに入ったのは、児玉翔一さんですよね。入会する条件みたいなものはあったんですか？」

「それです」

と、沙織は言った。

「それ？」

「つまり、瞑想をやらせたうえで、いろいろ問いかけるんです。それで北斗七星を見るかどうかを試したって」

「そうなのかあ」

と、安西は呆《あき》れ、

「いま考えると、あれは神秘体験でもなんでもなく、酸素が足りなくなったために見た妄想だったんですけどね」

「そうなんだね。わたしは、半分以上、信じていたわ」

「若かったんだよなあ。七人で協力し合えば、世のなかを変えられるくらいに思っていたんですから」

「安西くんは早く抜けたけど、わたしたちはますます意を強くしたの」

「ぼくは、当初から異端だったのかもしれないな。いつも足を引っ張るようなことを言ってたから。だいたい医者ってのはインターンの二年間があるから、その分、皆より世のなかに出るのが遅いでしょう。だから、ずれちゃったんでしょうね」

「六年前、安西さんが抜けるあたりで、北斎クラブがなにか急進的になっているような感じはなかったですか？」

と、月村は訊いた。

「急進的というか、自信をつけていたでしょう。近田はいくつか賞を取って有名になっていたし、野原も全通で大きなキャンペーンを大ヒットさせました。しかも、政治家の秘書になった丸山の先生は、すぐに厚労大臣になったし、それで、国交省に入っていた前川とのつながりで、レッツゴー・キャンペーンを計画したんですよ」

「すでに世のなかを動かしていたじゃないですか」

「たしかにね。でも、ぼくが辞めたときは、そういったことがまだスタートしたばかりでしたからね」

「富士山の五合目で、斉藤恭介さんと丸山隼人さんが入れ替わりましたよね。入れ替わることは？」

と、月村は沙織に訊いた。

「予想外でした。丸山くんは事情があって遅れて来るとは聞いていたんですが、まさかあそこで乗り込んで来るとは驚きました」

「斉藤さんが亡くなったことは、いつ知りました？」

「すぐにメモが回って来ました」

「なんて？」

「斉藤が激昂《げきこう》してもみ合いになった。いつの間にか石で殴ってしまった。死んだかもしれないって」

「どう思いました？」

「斉藤くんはカッとなるところがあったので、それはあり得ると」

「誰か、責める人すらいなかったんですか？」

月村の口調は厳しかった。

「………」

「ほんとにあなたたちは、お互いの関係を知られないよう、慎重なんですね」

「だって、名探偵がバスに乗り込んでるって聞きましたから」

「そうかあ」

月村は頭をかき、夕湖に向かって、

「山中湖のコテージは早く調べたほうがいい。たぶん、近田さんが閉じ込められて、苦しんだ跡が残っていると思うよ」

と、言った。

「なんてことをしてしまったんだ」

安西が頭をかきむしった。

9

山中湖のコテージは、ぎりぎりで間に合った。

翌日の土曜日に、別々にやって来た丸山隼人と野原冬馬は、ここをきれいに掃除するつもりだったらしい。

まさにカギを開けて入ろうとするところに、夕湖たちが乗った車が到着したのだった。

「そのまま！　動かないで」

駆け寄りながら、夕湖は叫んだ。

「なんだよ」

野原は抵抗しようとした。

「いっさい触れないでください」

「ここはぼくの家ですよ」

「すでに捜索のための書類も用意してあります。すぐにお二人の逮捕状も請求します」

夕湖は、警視庁の鑑識課員も連れて来ていた。

「たぶん、そのコテージからは七人全員の髪の毛や指紋その他、そこにいたという証明になるものが採れると思うよ。丸山隼人は、あの日はコテージにはおらず、五合目で斉藤恭介と会ったのかもしれない。それでも、近田流星を閉じ込めたときはいたはずだからね」

と、月村は予測していた。

そのとおりだった。

まず、コテージにもクローゼットがあり、そのうちの一つは瞑想用のスペースになっていた。

その内側には、爪《つめ》で引っ掻《か》いたような跡がいっぱい見つかった。

「外から閉じ込め、窒息死させたんですね？」

パトカーに待機させておいた野原に訊いた。

「殺そうなんて思わなかった。考えを変えさせようとはしたけど」

と、野原は言った。

これで、近田流星の死体遺棄事件も目途《めど》がついた。

「たぶん、山中湖から都内に向かう白い車を調べれば、丸山と野原の姿も写っているだろうね。もしかしたら、児玉翔一も乗っているかもな」

と、月村は言っていたのだが、児玉翔一のことだけは、もしかしたら外れだったかもしれない。

月村はこうも言っていた。

「これは運が良かったらなんだけど、丸山隼人はヤンキースの帽子をそのままかぶっているかもしれないよ。もし、かぶっていたら、すぐに押収したほうがいい。ヤンキースの帽子といっても、公式のものからニセモノ、さらにはメーカーからデザインまでいろいろなんだ。丸山は、もしかしたら斉藤恭介を殺害したあと、違いに気づいて、帽子を取り換えたかもしれないよ。そうだったら、その帽子には斉藤恭介の汗などが沁《し》み込んでいるし、有力な証拠になるからね」

これも月村の予想が当たった。

丸山隼人は、ヤンキースの帽子をかぶって来ていた。たぶん、そうしたものはすべて、コテージにある暖炉で焼いてしまおうと思っていたのだろう。

帽子を取り上げると、丸山の顔に絶望の表情が走った。

「この帽子、斉藤恭介のものなのね」

「そこまで気づいたのか」

「ヤンキースの帽子もいろいろあるくらい知ってます」

「殺すつもりなんかなかった。斉藤ってやつは、すぐに激昂するんだ。下手すりゃ、こっちがぼこぼこにされるところだったんだ」

「そういうことはあとで聞くわ」

と、夕湖は言った。

改めて、月村の洞察力には感心した。

「夕湖ちゃん、近田流星の暮らしには異常に女っけがなかったって言ってたよね。もしかしたら、恋心は仲間うちに向けられ、その思いがこじれて、いっそう抵抗が激しくなったりしたのかもしれないね」

月村はそうも言っていた。

じつは、野原のファッションには近田流星の趣味が感じられた。そのあたりは、今後、慎重な尋問が必要なはずだった。

それから、月村はこうも言っていた。

「もっとゆっくり近田流星と斉藤恭介の考えを変えようとしていたら、こんな悲劇は起きなかったかもしれない。それがやれなかったのは、近田流星と斉藤恭介のキャラクターのせいかもしれないし、宗教というものが持っている強さとか怖さのせいだったかもしれないなあ」

そのときの月村の切なそうな顔を思い出し、夕湖は胸がきゅんとなったのだった。

10

桑木沙織が月村弘平の家を訪ねて来たのは、丸山隼人と野原冬馬が逮捕されて二週間ほど経ったころだった。

沙織は、小さな包みを差し出し、

「父の絵を一点、受け取ってもらえませんか？」

と言ったのだった。

「それは」

月村は辞退しようとした。桑木周平の絵など、自分には似つかわしくないくらい高価なのである。

「いえ。あのとき、もしも名探偵が謎を解いたら、おれの絵を一枚、プレゼントしてやれって言われていたんです」

「そうなんですか」

「それで、こういうタイトルの絵があったんです」

開くと、絵の片隅にサインといっしょに題が記されていた。

〈月の村〉と書かれてあった。

「まさに、月村さんのために描いたみたいでしょ？」

「ありがとうございます。一生、大事にさせてもらいます」

月村はコーヒーを淹《い》れ、テーブルに置いた。

桑木沙織は、事件そのものには直接、関わってはいない。だが、いくつかわからないことがあった。

「近田流星が桑木先生の講座を取ったのは偶然ですか？」

と、月村は訊いた。

「いえ。わたしが東京芸大に行った近田くんに、父親が今度、講座を持つことになったと話したんです。そしたら、受講してみると。もちろん、わたしのことは内緒にしていましたよ」

「なるほど」

「ほんとに秘密だったんです。他人からしたら馬鹿みたいでしょうが」

「では、画伯が沙織さんが彼らの仲間だというのを知ったのは、なぜなんです？」

「え？」

「だから、動揺したんですよね？」

沙織は、事故の場面を思い出したのか、つらそうに顔を歪《ゆが》め、

「そうです。じつは、父がニューヨークで暮らしていて、わたしもニューヨークにいたとき、前川くんが出張で渡米していたときがあったんです」

「なるほど」

「アメリカでなら、おおっぴらに会ってもいいだろうと、ニューヨークでも何度か会って食事をしたこともありました。そのとき、同じレストランを使っていた父に見られてしまったんだと思います」

「ああ」

「父は、娘に対しても異常に嫉妬《しっと》深いところがありました。すぐに探偵かなんかに頼み、尾行させ、何者なのか調べていたのではないでしょうか」

「ははあ」

「それで、あのツアーのなかに前川くんがいたのに気づいたみたいなんです。もしも前川くんがグループの一人だとしたら……それで、わたしもその仲間なんだろうと疑ったのです。バスのなかで、父なりにずいぶん推理を働かせていました。警視庁の女性刑事が何人かを尋問したりするのを見て、なんとなく七人いると思ったみたいです。北斗七星の図を書いたとき、わたしが反応したのも察知したのかもしれません」

「ははあ」

「父は、お前も連中の一味なのか？　みたいに問い詰めました。それで、わたしはお父さんには関係ないと言って……」

走って逃げた。それに慌てた桑木画伯が追いかけて、あの事故が起きたのだった……。

「でも、わたしも共犯ですよね。近田くんの死を変に思いながらも、最終的には丸山くんや野原くんを支援しようと思ったのですから」

「厳密にはそうかもしれないが、法的に罰が下ることはないと思います」

「それでも責任はありますよ」

「罪の償い方はいろいろあると思いますよ」

月村は親身になって言った。

「よく考えてみます」

「ええ。ところで沙織さんは、絵は描かないんですか？」

「描き始めてはいたんです」

「お父さんに見せたりは？」

「見せたものもあります」

「なんておっしゃってました？」

「もっと描けと」

「褒め言葉じゃないですか」

月村がそう言うと、沙織の顔に喜びが走った。

「やはり、そうですか。自信が持てないから、気がつかなかったんでしょうね」

「ぜひ、描きつづけるべきだと思います。お栄さんはしなかったみたいですが」

北斎だってお栄の才能を認めていなかったわけがない。吉原の格子窓越しに花魁《おい》魁《らん》たちの姿を描いた絵は、北斎とはまた違う華やかさや独特の情感に溢れていた。
だが、北斎はそのことを口にしただろうか。お前にはおれにはない才能があると、
褒めてあげたことはあっただろうか。もし、お栄が自分の才能に自信があったら、
その後がわからなくなるということもなかったのではないか。
知能は遺伝しても才能は遺伝しない、というのは月村の持論なのだが、まれに
遺伝したりすると、そこには悲劇が待っているのかもしれない。親子の関係は、
いつの世も単純な愛情だけで満たされているわけではない。
沙織は笑みを見せて言った。
「そうします。ありがとう。お世話になりました。素敵な探偵さんっ」

本書は書き下ろしです。

本作品はフィクションであり、実在の個人および団体とは一切関係ありません。（編集部）

実業之日本社文庫　最新刊

実業之日本社文庫　好評既刊

実業之日本社文庫　好評既刊

池井戸 潤
仇敵
不祥事を追及して職を追われた元エリート銀行員・恋窪商太郎。彼の前に退職のきっかけとなった仇敵が現れた時、人生のリベンジが始まる！（解説・霜月 蒼）
い113

内田康夫
砂冥宮
忘れられた闘いの地で、男は忽然と消えた――。死の真相に近づくため、浅見光彦は三浦半島から金沢へ。待望の初文庫化！　著者自身による解説つき。

う12

内田康夫
風の盆幻想
富山・八尾町で老舗旅館の若旦那が謎の死を遂げた。警察の捜査に疑問を抱く浅見光彦と軽井沢のセンセの推理は？　傑作旅情ミステリー。（解説・山前 譲）
う13

内田康夫
しまなみ幻想
しまなみ海道に架かる橋から飛び降りた母の死に疑問を抱く少女とともに、浅見光彦は真相究明に乗り出すが……。美しい島と海が舞台の傑作旅情ミステリー！

う15

鯨 統一郎
幕末時そば伝
高杉晋作は「目黒のさんま」で暗殺？　大政奉還は拒否のはずが「時そば」のおかげで？　爆笑、鯨マジックの幕末落語ミステリー。（解説・有栖川有栖）
く11

実業之日本社文庫　好評既刊

西村京太郎
十津川警部捜査行　日本縦断殺意の軌跡
新人歌手の不可解な死に隠された真相を探るため十津川班の日下刑事らが北海道へ飛ぶが、そこには謎の墓標が。傑作トラベルミステリー集。（解説・山前 譲）
に1 14

西村京太郎
十津川警部捜査行　伊豆箱根事件簿
箱根登山鉄道の「あじさい電車」の車窓から見つけた女は胸を撃たれ――伊豆と箱根を舞台に十津川警部が事件に挑むトラベルミステリー集！（解説・山前 譲）
に1 15

西村京太郎
十津川警部　八月十四日夜の殺人
十年ごとに起きる「八月十五日の殺人」の真相とは！謎を解く鍵は終戦記念日にある？　知られざる歴史の闇に十津川警部が挑む！（解説・郷原 宏）
に1 16

西村京太郎
十津川警部捜査行　阿蘇・鹿児島殺意の車窓
日本最南端の駅・鹿児島県の西大山駅で十津川警部の同僚刑事が殺された。捜査を始めた十津川に思わぬ妨害が…傑作トラベルミステリー集！（解説・山前 譲）
に1 17

西村京太郎
十津川警部　北陸新幹線殺人事件
北陸新幹線開業日の一番列車でなぜ男は狙われたのか――手がかりは太平洋戦争の戦地からの手紙に!?　十津川警部、金沢&マニラへ！（解説・小梛治宣）
に1 18

実業之日本社文庫　好評既刊

十津川警部捜査行　北の欲望　南の殺意
西村京太郎
殺されたOLは魔性の女!?　彼女の過去に手がかりを求め、三田村刑事が岩手県花巻に向かうが……十津川班が奮闘する傑作ミステリー集！（解説・山前 譲）
に119

十津川警部捜査行　車窓に流れる殺意の風景
西村京太郎
女占い師が特急列車事故が起きると恐ろしい予言をした。十津川警部が占い師の周辺を調べると怪しい人物が…傑作トラベル・ミステリー集。（解説・山前 譲）
に120

若狭・城崎殺人ルート
西村京太郎
天橋立行きの特急爆破事件は、美由紀が店で出会った男が犯人なのか？　疑いをもつ彼女のもとに十津川班が訪れ…緊迫のトラベルミステリー。（解説・山前 譲）
に121

札沼線の愛と死　新十津川町を行く
西村京太郎
殺人現場の雪の上には、血で十字のマークが。さらに十津川警部に謎の招待状!?　捜査で北海道新十津川町へ飛ぶが、現地は魔法使いの噂が!?（解説・山前譲）
に122

二つ《ダブル》の首相暗殺計画
西村京太郎
総理大臣が入院している大病院の看護師殺人事件の裏に潜む、恐るべき陰謀とは!?　十津川警部が秘められた歴史と事件の扉をこじ開ける！（解説・山前 譲）
に123

実業之日本社文庫 か19

葛飾《かつしか》北斎《ほくさい》殺人《さつじん》事件《じけん》　歴史《れきし》探偵《たんてい》・月村《つきむら》弘平《こうへい》の事件簿《じけんぼ》

2020年12月15日　初版第1刷発行

著　者　風野真知雄《かぜのまちお》

発行者　岩野裕一
発行所　株式会社実業之日本社
〒107-0062　東京都港区南青山 5-4-30
CoSTUME NATIONAL Aoyama Complex 2F
電話 [編集]03(6809)0473 [販売]03(6809)0495
ホームページ https://www.j-n.co.jp/
DTP　ラッシュ
印刷所　大日本印刷株式会社
製本所　大日本印刷株式会社

フォーマットデザイン　鈴木正道(Suzuki Design)

ISBN978-4-408-55632-1（第二文芸）